J'ai bien connu Icare

Titre original :

FLÜGEL FÜR IKAROS

12e édition – 2002

HANS BAUMANN

J'AI BIEN CONNU ICARE

Traduit de l'allemand par
Claude Greis

Illustrations de Gérard Franquin

Castor Poche Flammarion

Hans Baumann

L'auteur, né le 22 avril 1914 en Bavière, est l'un des plus célèbres auteurs de livres pour enfants et adolescents en Allemagne. Son œuvre, traduite en plus de vingt langues, a été couronnée par de nombreux prix. Et ce sont trois enfants qui, à la fin du premier hiver de la Seconde Guerre mondiale, lui donnèrent sa première leçon de russe – ils traçaient des lettres sur la fine couche de neige, découvrant l'herbe, de telle sorte que les lettres apparaissaient vertes sur le sol enneigé. Comment, dans ces conditions, ne pas entrer dans une langue apprise à même la terre du pays ? » Baumann traduira par la suite plusieurs livres du russe. Il est mort en 1988.

Du même auteur, traduits en français :
Le mystère des grottes oubliées, n°29 ;
Jambes-rouges, l'apprenti pirate n° 36.

Claude Greis

Le traducteur a enseigné l'histoire avant de faire des études d'allemand et d'histoire à Munich et de travailler à la Bibliothèque Internationale de la jeunesse. Claude Greis tend à se spécialiser dans la traduction d'ouvrages historiques.

Gérard Franquin

L'illustrateur de l'intérieur, depuis sa naissance en 1951, a pratiquement toujours à la main soit un crayon, soit un pinceau... Il a mis en images de nombreux textes de l'Atelier du Père Castor où il a longtemps travaillé en tant que maquettiste, avant de partir habiter dans le sud de la France.

Jean-Louis Tripp

Bien que manger du chocolat soit depuis toujours la principale activité de l'illustrateur de la couverture, il a aussi trouvé le temps de faire un petit homme Tom (3 ans), une kyrielle de bandes dessinées, une tripotée de peintures, un paquet de meubles d'art, une flopée de sculptures dont deux monumentales, sans oublier une myriade de pendules et d'objets aussi beaux qu'inutiles. Pourtant, une chose le met de mauvaise humeur : bricoler dans la maison. Une chose le met en joie : trouver un bon jeu de mots. Son signe distinctif : un Icare tatoué à l'épaule gauche.

Alexandra Carrasco

A L'ENTRÉE
DU LABYRINTHE

Il a surgi de l'arbre : c'est l'impression que j'ai eue. L'exercice de sauts était terminé ; j'avais manqué le dernier et, un peu assommé, j'étais assis à l'écart des autres, le dos contre le mur de l'arène. Eux non plus n'avaient pas remarqué sa présence. Caché par le vieux platane près de l'entrée, il nous avait observés.

Lorsqu'il est sorti de l'ombre pour venir vers moi, j'avais repris tous mes esprits et j'étais aussi lucide qu'au moment où le taureau m'avait attaqué. Il pouvait bien avoir treize ou quatorze ans, soit trois à quatre ans de moins que nous. Il était fluet et d'une apparence plutôt insignifiante ; mais à sa démarche, on voyait qu'il n'était pas disposé à se laisser arrêter. Et personne ne l'arrêta. C'était incompréhensible.

Il n'avait rien à faire dans cette arène, à l'entrée du Labyrinthe. En dehors de ceux qui s'occupaient de notre formation et des taureaux, il n'y avait que nous, les quatorze d'Athènes, à être admis ici. Des jeunes Crétois avaient bien tenté de pénétrer dans cette enceinte interdite ; mais deux d'entre eux avaient été pris sur le fait et emmenés, et depuis plus personne ne s'y risquait. Il y avait trop de sentinelles ; rien ne leur échappait, pas même le vol d'un oiseau. En plus, un mur de grosses poutres, dont la hauteur dépassait la taille d'un homme, entourait l'espace allongé où les sauteurs de taureaux faisaient leur apprentissage et où l'on essayait les bêtes. Le logis des sauteurs et l'enclos des taureaux étaient situés de part et d'autre de l'enceinte. Les taureaux pouvaient la franchir par une large entrée, et de petites ouvertures, distantes chacune de trois longueurs de poutre, permettaient aux sauteurs de se mettre à l'abri. Ils avaient rarement à le faire, car les maîtres détournaient aussitôt la bête qui attaquait le sauteur après son saut. L'une des ouvertures se trouvait justement près du vieux platane. C'est par là que le garçon s'était introduit dans l'arène.

Mais comment avait-il pu tromper la surveillance des gardes ? Et pourquoi, maintenant encore, le laissait-on circuler en toute tranquillité ?

Il s'arrêta à deux pas de moi :

– Es-tu blessé ?

Je m'étais levé mais je ne répondis pas tout de suite, tant ses yeux me surprenaient : deux étoiles noires.

– Pourquoi ne l'as-tu pas pris au garrot ?

Il avait bien observé : au moment où je sautai, le taureau, pour prendre de l'élan et me heurter avec plus de force, avait ramené la tête sur le poitrail et m'avait ainsi retiré le point d'appui sur lequel je comptais pour me propulser en l'air. Quand cela se produisait, il valait mieux placer les mains sur le garrot, et non entre les cornes. Mais je fus trop lent à me décider, et je glissai sur le côté au lieu de bondir par-dessus le taureau.

– Comment sais-tu ce qu'il faut faire ? demandai-je stupéfait.

– J'ai souvent regardé.

– Mais les gardes ?

– Ils me connaissent.

Qui était-il donc pour que les gardes le laissent aller et venir ?

– Qui es-tu ? lui demandai-je.

Au lieu de répondre à ma question, il m'interrogea avec une sorte d'avidité :

– Comment est-ce... sur le moment ?

– Sur quel moment ?

– Quand tu t'envoles par-dessus le taureau... ça doit être fascinant !

– Et assez dangereux.

J'avais envie de me moquer de lui. Mais il continua, très sérieux :

– Je serais prêt à prendre ta place.

– Ma place ?

– Celle de chacun d'entre vous.

– C'est tout à fait impossible, répliquai-je irrité. Tu es bien trop jeune, et on ne prend que des Athéniens.

– Je suis d'Athènes.

Ménandre et Arétès s'étaient approchés de nous, Aglaïa aussi. Ils avaient entendu nos derniers mots.

– Tu prétends être d'Athènes ? demanda Aglaïa.

– Je suis d'Athènes, répéta-t-il.

– Et comment se fait-il qu'aucun de nous ne te connaisse ? remarqua Arétès.

– Vous êtes plus vieux que moi. Et en plus... nous habitions la citadelle.

Ménandre lui lança un regard méprisant.

– Ah ! tu fais partie de *ceux d'en haut !*

Nous, les victimes du tirage au sort, nous étions tous natifs de la ville basse.

– Allons chercher les autres, proposa Aglaïa. Et si eux non plus ne te connaissent pas...

Il lui coupa la parole :

– Mon père, lui, vous le connaissez.

– Et qui est ton père ? demanda Ménandre d'un ton inquisiteur.

– Dédale.

Oui, son père, nous le connaissions. Tous les Athéniens savaient qu'il séjournait ici, chez le roi de Crète. Il avait fui avec son fils pour échapper à la justice.

– Alors toi, tu es Icare ?

– Oui. Pourquoi me regardez-vous comme ça ?

– Allons-nous-en ! fit Ménandre.

– Mais pourquoi ? demanda Icare. Qu'est-ce que vous avez ?

Il eut un geste si lourd d'impuissance que je restai sur place, ne sachant que faire. Mais Arétès et Ménandre m'entraînèrent avec eux tandis qu'Aglaïa rejoignait les filles.

Les autres me firent des reproches.

– Pourquoi lui as-tu adressé la parole ?

– Je ne savais pas qui il était.

Après quelques instants de réflexion,

Iménès, l'aîné d'entre nous, prit une décision :
– A l'avenir, nous ferons comme s'il n'existait pas.
– Mais pourquoi ? protestai-je.

Ils me regardèrent comme si je les avais offensés.
– Tu sais bien pourquoi son père s'est enfui en Crète !
– Icare n'y peut rien.
– Il est son fils.
– Et ça vous suffit pour le condamner ? répliquai-je vivement. L'enquête a montré qu'au moment du crime Icare se trouvait déjà sur le bateau avec lequel Dédale a pris la fuite. Qui sait ce que Dédale lui aura raconté pour justifier cette fuite ! Peut-être qu'aujourd'hui encore Icare n'a aucune idée de ce qu'a fait son père.
– Cela ne change rien, dit Iménès.

Je leur expliquai alors que Icare s'était déclaré prêt à prendre ma place. Ils me regardèrent fixement et Ménandre demanda, déconcerté :
– Qu'a-t-il dit ?

Je répétai :
– Il a offert de partager notre sort : il prendrait la place de n'importe lequel d'entre nous.

– Alors, dit Iménès, c'est qu'il sait quelque chose !

Tous semblaient partager son opinion.

– Mais ce qu'il veut faire, c'est ce qu'a fait Thésée !

Iménès me rembarra :

– Qu'est-ce qui te prend de le comparer à Thésée !

Je renonçai à les faire changer d'avis et me détournai d'eux.

⁂

Depuis ce jour, beaucoup d'années se sont écoulées, et de tous ceux qui partirent en Crète sur le bateau aux voiles noires, je suis le seul encore en vie. Mais, pour ceux qui ne le connaissent que pour en avoir entendu parler, Icare n'est toujours rien de plus que le fils de Dédale, rien d'autre que celui qui n'écouta pas la mise en garde de son père lorsqu'ils s'enfuirent de Crète en volant, *et s'approcha tant du soleil qu'il fit fondre la cire de ses ailes et tomba dans la mer qu'aujourd'hui nous appelons mer Icarienne.*

C'est la seule chose que les conteurs nous disent de lui : ils l'ont détaché du reste de l'histoire, comme lui-même en tombant s'est détaché de ses ailes. C'est qu'ils ne l'ont pas connu. Mais moi, j'ai rencontré Icare en Crète. A partir du jour où, à l'entrée du Labyrinthe, mes compagnons l'ont rejeté, décidant de faire « comme s'il n'existait pas », je me suis arrangé pour le voir aussi souvent que possible. Il s'est confié à moi plus qu'à tout autre. Et maintenant qu'il ne reste plus grand-chose d'Icare, en dehors d'un nom, je raconterai ce que je sais de lui.

Je m'appelle Andros.

PREMIÈRE PARTIE

1. Le centaure

De la citadelle, Icare voyait Athènes comme l'aurait vue un oiseau en plein vol. En dehors des temples et du palais royal, la ville haute abritait les demeures des puissants et des nobles, *ceux d'en haut*, comme nous disions dans la ville basse. Dédale en faisait partie puisqu'il appartenait à la même famille que le roi.

Au temps du roi Égée, Athènes n'était qu'un entassement de maisons très modestes, de cabanes, d'écuries et d'ateliers construits en bordure de ruelles sinueuses au sol inégal. Plutôt qu'une ville, c'était un village devenu trop grand. Même la place du marché, ou l'Agora sur la colline d'Arès, où l'on rendait la justice, même ces places semblaient petites à côté du roc qui portait la ville haute. La citadelle en émergeait comme la tête d'un Titan qui se serait pétrifié en essayant de sortir de terre.

Vers son sommet, le mont se continuait en un alignement d'énormes blocs aux arêtes régulières. A l'abri de cette muraille, il y avait des constructions, mais aussi de vastes emplacements, où, en temps de guerre, tous les Athéniens pouvaient trouver refuge.

Sur un flanc de la colline s'ouvrait un gouffre. Il y avait, cachée au fond, une fontaine à laquelle on ne pouvait accéder que par un étroit escalier taillé à même la roche. L'atelier de Dédale, tout comme sa maison, s'appuyait au mur d'enceinte, près de la porte secrète qui donnait sur cet escalier. Du toit, quelques marches permettaient de gagner le dessus de l'épaisse muraille.

Là-haut, Icare passait de longs moments en compagnie de Kalos. Les deux garçons avaient grandi ensemble. Kalos était le fils de Perdix, la sœur de Dédale. Le mari de cette dernière s'était un jour embarqué sur un navire de commerce pour un voyage dont il n'était pas revenu.

Depuis, Perdix vaquait aux soins du ménage, s'occupant à la fois de Dédale, de son fils à elle et de son neveu Icare. Kalos était plus âgé que Icare. D'une grande taille, il avait des cheveux blonds et des yeux clairs. Les deux garçons se ressemblaient peu, mais ils étaient aussi inséparables que Castor et Pollux.

Tous deux recevaient leur instruction de Dédale ; mais alors que Icare ne faisait en cela que se conformer à la volonté de son père, Kalos, lui, considérait qu'avoir un maître auprès duquel tous les autres faisaient pâle figure était une chance inouïe. Comme Dédale, Kalos voulait faire des recherches ; comme lui, il voulait inventer des choses qui n'existaient pas encore.

***

Par une journée de juin, alors que Dédale s'en était allé avec le roi, Kalos et Icare avaient quitté la citadelle de bon matin afin de parcourir une région assez éloignée de la ville où ils ne rencontrèrent personne, si ce n'est des pâtres avec leurs moutons et leurs chèvres. C'était un matin où la clarté du soleil, telle une note aiguë, pénétrait toute chose. Mais au milieu du jour on n'entendait plus que le silence. Rien n'échappait à ce flot de lumière, et, comme dans un rêve, tout avait perdu de sa pesanteur.

Les deux garçons ne remarquèrent même pas qu'ils se séparaient. Chacun poursuivit son propre chemin.

Soudain, étonné, Icare leva les yeux. Il avait devant lui un vieil olivier au tronc éclaté. L'arbre portait branches, feuilles et fruits : il n'était pas encore mort. Icare s'allongea dans l'ombre légère qu'il faisait et examina cet arbre étrange, le seul qui restât de toute une oliveraie. Son feuillage peu épais le surplombait comme un nuage, avec des reflets argentés dans la lumière de midi.

Au bout d'un moment, Icare remarqua que le tronc s'animait. Et tout à coup, il y eut devant lui la croupe d'un cheval gris et le dos, gris lui aussi, d'un cavalier. La croupe du cheval et le dos du cavalier appartenaient à une même créature : c'était un centaure, qui se tourna brusquement vers le garçon. Icare vit alors sa face barbue.

– Enfin ! dit le centaure. Et, comme Icare le dévisageait sans dire un mot, il ajouta : Tu es celui que j'attendais.
– Moi ?
– Tant qu'il y aura des gens comme toi, mes frères et moi, nous continuerons d'exister.

– Qui sont tes frères ? demanda Icare de plus en plus surpris.
– Tu verras bien, répliqua le centaure sans prêter plus d'intérêt à sa question. Tu es bien plus fort que moi.
– Moi ? Plus fort que toi ?

Icare ne pouvait détacher son regard des pattes puissantes du centaure et de leurs sabots étincelants.
– Bon, d'accord : j'ai quatre jambes et tu n'en as que deux, admit le centaure. Tant que tu comptes sur tes jambes, je suis plus rapide que toi. Désignant son dos d'un mouvement de tête, il proposa : Veux-tu monter à cheval ?

Icare s'empressa de se lever. En un rien de temps, il fut assis sur la croupe du centaure. Celui-ci se mit à trotter, puis à galoper. Il bondissait par-dessus les obstacles ; Icare se cramponnait à lui.
– Nous volons ! criait le jeune garçon. Nous volons !
– Mais non ! lui répondit le centaure en tournant la tête. Je suis obligé de rester sur terre. Je ne peux pas voler... Mais toi, tu le peux.

Il s'arrêta si soudainement que Icare rebondit contre son dos.

– Oui, toi, tu peux voler, répéta le centaure.
– Comment ça ?
– Ouvre tes ailes !
– Mes ailes ? bredouilla Icare.
– Ouvre-les ! Envole-toi ! répéta le centaure d'un ton si résolu que Icare écarta les bras.

Et il ne les sentit plus, tant ils étaient devenus légers. Lorsqu'il les remua, il s'éleva au-dessus du centaure. Il planait, sans un seul coup d'aile, comme un oiseau porté par un vent ascendant.
– Te voilà bien plus près que moi du soleil, lui dit le centaure. Comme je t'envie ! Puis il proposa avec enjouement : Voyons qui est le plus rapide de nous deux, même si je n'ai aucune chance de te battre !
– C'est ça : faisons la course ! dit Icare que cette idée enchantait.

Le centaure se précipita. Icare le dépassa en volant au-dessus de lui, puis, aussitôt, ralentit son allure : il préférait le voir, le laisser aller à une longueur devant lui, ce maître qui lui avait révélé l'art d'abolir toute pesanteur.

Tout à coup, comme face à un obstacle invisible, le centaure eut un mouvement de recul. Puis, se dressant sur ses pattes de derrière, il lança à Icare :

– Dis-moi, drôle d'oiseau, tu te moques de moi ! Tu ne donnes pas le maximum de toi-même, tu peux voler beaucoup plus vite que ça.

En disant cela, il attrapa une aile d'Icare qui planait près de lui, en arracha une plume et la tendit en riant au jeune garçon. Et en riant, Icare lui répondit :

– Tu as raison, mon vieux, je pourrais aller beaucoup plus vite. Mais je ne veux pas : je ne veux pas te perdre, même pas de vue !

– Tu ne me perdras pas. Même si maintenant je dois rentrer dans mon arbre.

Et tout en restant dressé sur ses pattes arrière, le centaure redevint lentement un vieil olivier.

– Pourquoi me fais-tu une chose pareille ? cria Icare.

Mais le centaure ne répondait plus.

Icare sentit ses bras s'alourdir et tomba à terre. Le centaure détourna sa face barbue ; Icare ne voyait plus que son dos et sa croupe de cheval. Puis le dos et la croupe finirent par ne plus former qu'un vieux tronc tourmenté.

– Mais écoute ! s'écria le jeune garçon.

– Avec qui parles-tu ? demanda une voix que Icare connaissait bien.

Il vit avec surprise que Kalos était debout près de lui et le regardait. Icare se releva.
– Il est parti, dit-il.
– Qui ?
– Tu ne l'as pas vu quand il s'est retransformé en arbre ?
– Qui ? répéta Kalos.
– Le centaure.

Kalos examina l'arbre attentivement, sans faire de commentaire.
– Il y a longtemps que tu es là ? demanda Icare.
– Déjà un bon moment.
– Et tu ne l'as pas vu ?

Kalos s'aperçut que Icare tenait une plume dans sa main.
– Où as-tu trouvé cette plume ?
– C'est lui qui me l'a donnée. Il m'a forcé à voler, et j'ai vraiment volé. J'ai fait la course avec lui. Tu ne me crois pas ?
– Je te crois, répondit Kalos.

Icare n'était qu'à moitié satisfait.
– Tu crois que j'ai rêvé ou tu crois qu'il existe vraiment ? Il faut me le dire !
– Il existe, déclara Kalos sans hésiter, puisque tu existes.
– Lui aussi a dit ça, répondit Icare en

donnant la plume à Kalos. Alors prends-la : elle est pour toi.

Kalos prit la plume, la regarda attentivement, puis dit :

– Moi aussi, j'ai quelque chose pour toi. Tiens !

Il tendit à Icare un tesson scintillant. C'était lisse, transparent et arrondi.

– Qu'est-ce que c'est ? demanda Icare avec curiosité.

– Un morceau de quelque chose, mais je ne sais pas de quoi. Je l'ai trouvé dans le port, près d'un bateau qui venait d'Égypte.

Kalos alla au soleil et fit tourner le tesson transparent au-dessus d'une touffe d'herbe sèche jusqu'à ce qu'un point lumineux apparaisse. Puis il ne bougea plus. Au-dessous du point lumineux, la tige se colora ; de grisâtre, elle devint brune puis noire et, subitement, se mit à brûler. Une langue de feu finit par gagner toute la touffe.

– Tu sais apprivoiser le feu ! s'exclama Icare, excité par la vue des flammes.

– Pas moi... le soleil, corrigea Kalos. Je n'ai fait que l'aider.

Il piétina le feu pour l'éteindre et donna le tesson à Icare.

– Tu le veux ?

– Comment se fait-il que ça se mette à brûler ? demanda Icare.

Par un haussement d'épaules, Kalos fit comprendre qu'il l'ignorait.

– Demandons à ton père. Il peut certainement nous le dire.

2. Le voleur de feu

– C'est du verre, expliqua Dédale lorsque Icare lui tendit le tesson.

Kalos n'avait pas dit un mot de l'endroit où il l'avait trouvé. Il n'avait pas non plus signalé qu'il s'en était servi pour mettre le feu à une touffe d'herbe. Il était simplement venu à l'atelier avec Icare, et ce dernier avait montré le tesson à son père en lui demandant :

– Qu'est-ce que c'est ?

Dédale éleva le tesson à la lumière du jour qui entrait dans l'atelier par une vaste fenêtre située en hauteur.

– Ça vient du pays où coule le Nil, ajouta-t-il. Là-bas, on fait des récipients en verre, et même des figurines.

Il alla dans une pièce voisine dont une

lourde porte les séparait. Cette partie de l'escalier, il se l'était réservée : personne n'avait le droit d'y pénétrer ; cette interdiction valait aussi pour Kalos et même pour Icare.

Dédale revint, tenant du bout des doigts une figurine qui n'était pas plus grande qu'un demi-pouce. Il la posa sur le dessus de sa main. C'était un petit singe en verre bleu. Sur sa poitrine, à l'intérieur d'un ovale minuscule, on avait gravé des signes.

– Le nom d'un roi, expliqua Dédale, d'un pharaon. Mais pour déchiffrer ces signes, il faudrait des yeux extraordinaires !

– Qui te l'a donné ? interrogea Icare.

– Le roi de Crète.

Icare passa le tesson à Kalos qui le compara à la figurine. Aucun doute : ils étaient faits de la même matière lisse et dure. Une seule différence : la figurine était bleue, le tesson clair comme l'eau.

– Un faucon ! dit Kalos en observant le petit singe à travers le morceau de verre.

– Où ça ? demandèrent en même temps Dédale et Icare.

– A l'intérieur de l'ovale.

Kalos distinguait mieux les détails en regardant à travers le tesson. Il le tenait à égale distance du petit singe et de son œil droit.

– Et il y a un serpent sous le faucon.

– Donne ! Fais-moi voir ! le pressa Dédale.

Il tint le morceau de verre arrondi et le petit singe comme l'avait fait Kalos. L'émotion faisait remuer ses lèvres.

– Un faucon, un serpent, tu as bien vu, dit-il en se tournant vers son neveu. Il y a aussi une gerbe de blé et un bras... Là, regarde ! dit-il à Icare en lui tendant le tesson et la figurine.

– A travers le morceau de verre, on voit les choses agrandies !

– Peut-être parce qu'il est rond, suggéra Kalos.

Dédale regarda Icare :

– Où l'as-tu trouvé ?

– C'est Kalos qui l'a trouvé.

– Ah... c'est toi !

Dédale se tourna vers Kalos. Il n'essayait même pas de cacher sa déception.

– Et où ?

– Dans le port. Un bateau d'Égypte vient de s'y amarrer.

– Comment l'as-tu découvert ?

– Il y avait un endroit où ça fumait.

– Ça fumait ?

– Pas beaucoup : une mince colonne. Je me

suis approché et, sur une feuille de roseau séchée, j'ai aperçu le morceau de verre. Ensuite, j'ai remarqué qu'il y avait sous le tesson un point extrêmement clair. C'est de là que s'élevait le filet de fumée. Et d'un seul coup, ça s'est mis à brûler.

– Peut-être avait-on fait du feu à cet endroit.

– Ça s'est passé comme Kalos l'a dit, confirma Icare. Je l'ai vu.

– Tu étais là ?

– Pas dans le port... mais près du vieil olivier cet après-midi. Kalos a enflammé une touffe d'herbe devant moi avec le morceau de verre.

– Si c'est vrai, murmura Dédale, c'est qu'il réussit à faire du feu sans étincelle.

– Il suffit d'attendre le moment où le soleil est assez haut, assura Kalos ; et d'avoir de l'herbe sèche ou même, du bois.

– Ou, encore mieux, de l'amadou !

Dédale alla en chercher. Puis il regarda, fasciné, comment Kalos à l'aide du tesson arrondi concentrait sur un point les rayons du soleil. Au bout d'un moment, l'amadou entra en combustion.

Dédale contempla Kalos en silence et finit par dire :

– Prends garde ! Les dieux sont jaloux et sans pitié pour les voleurs de feu.

– Le soleil brille pour tout le monde, répondit Kalos ; pas seulement pour ceux d'en haut.

– Prométhée, lui, a dû se risquer jusqu'au foyer des dieux. Toi, tu fais cela avec un bout de verre ! Quel âge as-tu ?

– Seize ans.

– Et deux inventions d'un seul coup, remarqua Dédale pour lui-même. Avec une chose qui n'a l'air de rien... à moins d'avoir le coup d'œil.

– C'est toi qui m'as appris à bien regarder, répondit Kalos.

Dédale s'adressa à son fils :

– Et toi, quand nous feras-tu la surprise d'une découverte ?

– Je ne l'ai pas moi, ce coup d'œil, répliqua Icare sans se démonter.

– Il en fait, des découvertes, et plus excitantes que celle d'un... bout de verre, commença Kalos.

Dédale tendit l'oreille.

– Qu'est-ce que tu veux dire ?

– Lui sait voir qu'il y a un centaure dans un arbre.

– Ne commence pas à parler de ça, supplia Icare.

Mais Kalos poursuivit avec ferveur :

– Le centaure l'a même fait s'élever dans les airs.
– Ça, c'est sûr qu'aucun de nous n'en est capable, ironisa Dédale.
– Tout cela, c'étaient des rêves, fit Icare, embarrassé.
Mais Kalos le contredit :
– Je suis arrivé quand le centaure redevenait un arbre ! Tu parlais avec lui, je t'ai entendu. Tu avais dans la main la plume qu'il a cueillie sur une de tes ailes pour te la donner. La voici.
Il sortit d'une poche une plume tout ébouriffée.
– C'est bien celle-ci ?
Icare fit oui de la tête.
Dédale effleura la plume du regard :
– Une plume de pigeon.
– Je suis certain, reprit Kalos, que le centaure lui a lancé un défi et que Icare a volé. Sinon, il n'aurait pas pu me raconter cela comme il l'a fait : j'avais l'impression d'y assister... avec quelques instants de retard, bien sûr.
– Nous en ferons peut-être un conteur d'histoires, se moqua Dédale.
Il rapporta dans son atelier le petit singe de verre bleu. Quand la porte se fut refermée sur lui, Icare dit :

– Il préférerait que je n'aie pas vu le centaure.
– Mais tu l'as vu ! Kalos posa sa main sur l'épaule d'Icare : Je sais, il se fait du souci pour toi. Il a bien tort, tu peux me croire.

*
**

Deux jours plus tard, quand Dédale, vers le soir, se rendit sur le toit de l'atelier, il éprouva une belle peur. D'ordinaire, il ne montait qu'à la nuit tombée pour observer les étoiles, et la présence de Kalos lui était alors indispensable. C'était un endroit que les deux garçons aimaient beaucoup ; ils y venaient souvent, même dans la journée.

Ce soir-là, ils étaient étendus sur le haut de l'épaisse muraille et regardaient passer dans le ciel limpide un grand nuage d'une blancheur aveuglante.
– Il paraît, dit Icare, que le premier centaure est né d'un nuage.

Kalos le regarda.
– Tu es encore avec ton ami à quatre pattes ?
– C'est le nuage qui m'y fait penser... Ne ressemble-t-il pas au vieil olivier... Le tronc en moins ?

– Maintenant il se change en un cheval blanc, répondit Kalos d'un air songeur.
– Comme Poséidon sortant de la mer. Au fait, sais-tu qu'après avoir lutté contre Athéna qui lui disputait *sa* ville, Poséidon a planté son trident dans le mur de la citadelle ?
– Ton père affirme que c'est une légende inventée après coup.
– Mais Poséidon a laissé sa trace dans le mur, assura Icare. Je sais où.

Et s'étant mis sur le ventre, il se poussa en arrière de façon à ce que son corps dépassât le bord du mur.
– As-tu envie de tomber ? cria Kalos en l'attrapant aux poignets.
Mais Icare lui rit au nez.
– Il ne peut rien m'arriver. Lâche-moi !
– Jamais de la vie !
– N'aie pas peur, j'ai une bonne prise.

A ce moment, Dédale apparut sur le toit. Lorsqu'il vit que son fils se tenait au-dessus de l'abîme où descendait l'escalier taillé dans le rocher, il devint blême.
– Tiens-le bien, cria-t-il à Kalos.
– Lâche-moi, chuchota Icare, que je lui montre. J'ai une bonne prise.

Il dit cela avec tant d'insistance que Kalos obéit. Icare, maintenant, se tenait sans appui au-dessus du vide... C'est du moins ce que l'on pouvait croire.

Dédale se rua sur Icare, le saisit par les bras et le ramena sur le mur. Il ne le lâcha que lorsqu'ils furent au milieu du toit.

– Comment peux-tu me faire une chose pareille ! dit-il en reprenant son souffle. Puis il s'en prit à Kalos : Et toi, pourquoi l'as-tu lâché ?

– Il le voulait.

– Mais tu es l'aîné ! lui cria-t-il comme pour le tuer du son de sa voix.

Il le bouscula, s'approcha du bord et plongea son regard dans l'abîme.

– Celui qui tombe ici n'en réchappe pas. Même ses lèvres étaient pâles : Je te l'avais pourtant confié.

– Écoute, Père, intervint Icare, Kalos ne voulait pas me laisser faire. Il ne pouvait pas savoir.

– Savoir quoi ?

– Qu'à cet endroit, on a un appui sûr. C'est exactement là qu'il y a trois crevasses.

– C'est stupide !

– Mais regarde !

Dédale se pencha de façon à voir l'extérieur du mur. Il aperçut trois sillons.

– Je connaissais l'existence de ces traces, poursuivit Icare. Depuis longtemps. Je voulais les montrer à Kalos : c'est le nuage qui m'y a fait penser.
– Tu es fou ! cria Dédale. Il considéra fixement Kalos : Et toi, tu es... Je devrais te...
Il ne prononça pas le mot qu'il avait sur le bout de la langue. Toujours en proie à la colère, il se retourna, quitta le toit et s'enferma dans son atelier.

Les deux garçons se regardèrent, consternés.
– Pourquoi est-il si injuste avec toi ? finit par demander Icare. Tu n'as rien fait de mal.
– Nous aurions dû lui épargner cela.
– Mais il a pu voir lui-même que l'appui était sûr ! Dans la trace de Poséidon !
– Ce n'est pas le genre de choses auquel il se fie, expliqua Kalos. Pour lui, Poséidon, c'est celui qui a été battu. Et puis ton père ne fait pas trop confiance aux dieux.
– Comment peux-tu dire ça ?
– C'est lui-même qui l'affirme. Je sais, avec toi il n'en parle pas. Mais à moi, il m'a déclaré une fois : « Les hommes ne restent pas toujours les mêmes... Eh bien, les dieux non plus ! » Et il souhaite que les gens s'en aperçoivent. Il a l'intention de le leur

montrer, à l'occasion du concours qui va bientôt avoir lieu. C'est pour cela qu'il travaille en secret, dans son atelier. Il ne veut pas qu'ils puissent se préparer à ce qui va leur arriver.

– Mais n'est-ce pas dangereux... pour lui ?

– Si. Il le sait, mais ça ne l'empêche pas de continuer. Il est sûr de son affaire.

3. Le dévoilement

Il y avait souvent à Athènes des concours de sculpteurs. Les membres du jury tranchaient en toute liberté, le roi n'intervenant que s'il était nécessaire de les départager.

Cette année-là, même le roi Égée ne savait pas à qui attribuer le prix. On avait fini par retenir deux statues : une Héra, œuvre d'un vieux maître nommé Dion, et une Artémis qui avait été faite par Dédale. Les deux œuvres atteignaient le même degré de perfection.

Le roi, ne jugeant pas opportun de partager le prix, proposa à Dion et à Dédale de se remettre à l'ouvrage et de tenter à nouveau leur chance ; mais cette fois, ce serait le peuple qui désignerait le vainqueur.

Le jour où ils devaient se prononcer, les

Athéniens se pressaient dans les étroites ruelles qui menaient à l'Agora. Depuis quelque temps, la ville n'était que rumeurs. Le bruit s'était répandu que Dédale travaillait dans un atelier où nul n'avait le droit d'entrer. On rapportait aussi ce que chacun des concurrents avait déclaré, et cela contribuait à échauffer les esprits. Ainsi, à ce qu'on disait, Dédale avait affirmé que les anciennes représentations des dieux étaient dépassées et qu'il avait l'intention de remettre certaines choses en ordre. Si les jeunes attendaient l'événement avec beaucoup d'intérêt, les anciens, eux, étaient inquiets. On parlait de la grande braderie qui aurait lieu sur l'esplanade. La « grande braderie » était une trouvaille de ce plaisantin de Thrasyboulos. Mais il se corrigea et dit ensuite : le « grand dévoilement ». Et le fait est que ce jour-là, il n'y avait rien à vendre ; d'ailleurs, ce n'était pas jour de marché.

Seules les deux statues, érigées pendant la nuit et gardées par des sentinelles, attendaient les Athéniens sur l'Agora. Afin que tout le monde pût les voir, on les avait posées sur de grands socles. Elles étaient encore enveloppées dans des voiles, et au milieu de tous ces gens, on avait l'impression qu'elles n'auraient pas pu conserver leur place sans l'aide des soldats.

Il n'y avait pas seulement les habitants de la ville basse : ceux d'en haut, ceux de l'Acropole étaient là eux aussi. Lorsque, en compagnie de Dion et de Dédale, le roi s'approcha entouré de prêtres, la place devint silencieuse.

Tout le monde s'attendait à un discours du roi. Mais Égée fit un signe à Biton, le responsable de la décoration des temples, et ce dernier prit aussitôt la parole. Il rappela que le concours précédent s'était achevé sans vainqueur et précisa qu'il avait été demandé à Dédale et à Dion de faire chacun une statue d'Apollon.

On tendit le cou pour mieux voir. Dédale laissa à Dion l'honneur de commencer.

Lorsque Dion dévoila sa sculpture, il y eut dans la foule un murmure d'admiration. Le dieu de la Lumière se tenait là, sublime comme le soleil, inaccessible, le visage illuminé d'un sourire impénétrable. Les Athéniens avaient les yeux levés vers cet Apollon de marbre qui donnait l'image parfaite du calme intérieur et qui semblait échapper à l'usure du temps.

Dédale lui-même fut impressionné. Il hésitait à montrer son Apollon. Il finit par défaire le voile et, cette fois-ci, les Athéniens eurent le souffle coupé : l'Apollon de Dédale marchait vers eux, les bras tendus ; il tenait dans la main droite une coupe, et un arc dans la main gauche. Tout en lui était mouvement.

Il y eut sur l'Agora quelques instants d'un très grand silence... jusqu'à ce que dans la foule quelqu'un s'écrie :

– Ça, un dieu ?

Un autre désigna la statue de Dion et dit :

– Voilà Apollon !

Ce fut le tumulte. Les cris se mélangèrent en un brouhaha où il n'était plus possible de comprendre un seul mot. Ni les prêtres ni les soldats ne purent réprimer l'agitation ; le roi, lui, était si troublé qu'il n'essaya même pas de calmer la foule.

Seul Dédale ne semblait pas trop surpris de cette effervescence. Il tendit la main à Dion. Mais Dion ne fit pas un geste. Cette scène eut pour effet d'apaiser le vacarme.

Dédale invita Dion à prendre la parole, mais comme celui-ci refusait de prononcer le moindre mot, Dédale se tourna vers Biton.

Biton se plaça devant les deux sculpteurs et dit à haute voix :
– Citoyens d'Athènes ! Dion et Dédale se sont acquittés de leur tâche, chacun à sa manière. A présent, c'est à vous de choisir la statue qui sera dressée dans le temple.
Tous restèrent silencieux.

Finalement, un faiseur de lampes nommé Nikolaos, que beaucoup d'Athéniens connaissaient, se planta devant la statue de Dédale et déclara :
– Ça ne peut pas être un dieu.
– Et pourquoi ? s'enquit calmement Dédale.
– Parce qu'il est comme nous. Un dieu ne sourit pas comme ça. Le tien bouge les bras, les jambes, la tête... comme s'il était vivant.
Dédale demanda à nouveau :
– Pourquoi ne devrait-il pas être vivant ?
– Mais d'une autre vie ! D'une vie divine, comme celui-ci.
Et il désigna la statue de Dion.
– Voici un Apollon qui est bien au-dessus de nous, et c'est ainsi qu'un dieu doit être.
– Mais pourquoi ? interrogea Agis, un marchand. Pourquoi faut-il qu'Apollon n'ait pas le droit de bouger ? Je trouve que Dédale nous a rendu le dieu plus proche.
Krateros le forgeron se fraya un chemin

jusqu'au premier rang et dit, tout excité :
– Et il y a quelque chose qu'on n'a encore jamais vu ! Jusqu'à présent, les statues étaient toujours en pierre ou en bois... L'Apollon de Dédale, lui, est en métal ! Ça, il n'y a qu'une personne qui pouvait le faire : Dédale !

Ce fut un déferlement d'acclamations :
– Dédale ! Dédale !

Mais d'autres prenaient bruyamment parti pour Dion. Et bien que le roi essayât lui aussi maintenant de se faire entendre et que Biton eût réclamé le vote, il y eut une telle ruée pour voir les statues que l'Apollon de Dion fut renversé. Les sentinelles eurent juste le temps de faire un saut de côté tandis que la statue de marbre basculait de son socle. Elle heurta violemment le sol ; la tête se sépara du corps et s'immobilisa près de l'épaule gauche du dieu.

Tous reculèrent et restèrent frappés de stupeur.
– Apollon a lui-même fait son choix, proclama Biton au milieu d'un silence tendu.

Alors les cris reprirent :
– Que l'on mette en place le nouveau dieu, le nouvel Apollon !

Mais d'autres voix criaient :
– Dion ! Dion !

L'excitation était si grande que beaucoup crurent sentir le sol se dérober sous leurs pieds. Quelqu'un s'écria :

– La terre tremble !

– Ce n'est pas la terre... C'est le ciel qui tremble ! dit Nikolaos. Vous ne voyez donc pas ?

Mais personne ne fit attention à lui.

Le roi s'approcha des sculpteurs et tendit la main à Dion, puis à Dédale. Cette fois encore, il n'y eut pas de vainqueur. Pour beaucoup d'Athéniens néanmoins, Dédale à cet instant semblait plus puissant que le roi lui-même. N'avait-il pas amené un dieu à se défaire de sa splendeur hautaine ? Ceux qui le pensaient firent à Dédale un cortège triomphal qui se dirigea vers l'Acropole. Les autres formèrent autour de Dion un rempart qui ne se défit que lentement. A la fin, ceux qui restèrent sur l'Agora étaient peu nombreux. Parmi eux se tenaient Icare et Kalos. Le vieux sculpteur leur faisait pitié.

Dion ne quittait pas des yeux la statue brisée. Soudain, comme quelqu'un qui s'éveille après un étourdissement, il leva la tête et remarqua la présence des deux garçons.

– N'êtes-vous pas les fils de Dédale ?

– Lui, oui, dit Kalos. C'est Icare, son fils. Moi, je suis Kalos, son neveu.

Dion regarda longuement Kalos en silence avant de lui dire :

– Il paraît que c'est toi l'auteur de plusieurs de ses inventions. Méfie-toi de lui !

– Mon père ne voulait pas que les choses prennent cette tournure, dit alors Icare.

Mais on ne pouvait pas savoir si Dion faisait attention à ce qu'il disait. Icare et Kalos quittèrent donc la place.

On rapporta dans l'atelier de Dion la statue brisée ; mais l'*Apollon en marche* de Dédale fut lui aussi enlevé.

La querelle qu'avaient déclenchée les deux images du dieu ne s'apaisa pas. Dans toutes les couches de la société, deux camps s'affrontaient. Même le clergé était divisé.

– Dédale a libéré Apollon de toute entrave ! affirmait Biton. Il se risqua même à poser la question : Apollon n'est-il pas, grâce à cela, devenu plus puissant ?

Learch, un vieux prêtre, considéra Biton avec un mépris non dissimulé et ne daigna pas répondre.

– Chaque artiste a le droit de chercher des formes nouvelles, insista Biton.

– Mais Dédale a fait le dieu à *son* image,

répliqua Learch. Et il est coupable d'avoir troublé l'ordre public. Il a porté préjudice à la cité d'Athènes et devrait avoir à s'expliquer... devant un tribunal.

Les choses n'allèrent certes pas jusque-là, car le roi protégea celui qui était son conseiller le plus proche. Égée fit l'acquisition des deux statues afin de les placer sur l'Acropole, payant pour chacune un prix bien supérieur à ceux habituellement pratiqués.

4. La nouvelle étoile

Kalos et Icare étaient assis sur la muraille contre laquelle le toit de l'escalier prenait appui. Icare était un peu déprimé. Il devait de plus en plus souvent tenir tête à son père et cela le tourmentait.

– Rien que de la vanité, de l'aveuglement, de l'envie ! déclara Kalos. Même Dion peut se montrer sournois. Quand tu as parlé, il ne t'a pas écouté, tout simplement parce que tu es le fils de Dédale ! Et moi, il voulait me monter contre lui, l'élève contre le maître !

– Mais c'est bien vrai que tu es l'auteur de plusieurs des inventions que l'on attribue à mon père. C'est toi qui as su voir que la mâchoire d'un serpent pouvait servir de scie.

– Il n'était pas là lorsque j'ai trouvé cette mâchoire. Il est toujours le premier à comprendre le parti qu'on peut tirer d'une chose. Le peu que je sais, c'est lui qui me l'a appris. Sans Dédale, je ne serais pas ce que je suis. Mais c'est en toi qu'il met ses espoirs, bien plus qu'en moi.

Icare hocha la tête.

– Il se rend bien compte, pourtant, que je suis peu doué pour ce qui l'intéresse. Toi, les trouvailles te viennent à tire-d'aile.

Kalos sourit.

– Pour les ailes, c'est toi le meilleur... J'aurais sans doute perdu la course avec le centaure.

La nuit était tombée. La lune se faisait encore attendre. Aucune brume n'atténuait la clarté des étoiles.

– J'ai découvert une nouvelle étoile, dit brusquement Kalos.

Icare savait que son père accordait une grande attention aux étoiles et que Kalos, lui aussi, observait le ciel en suivant les conseils de Dédale pour y trouver des astres encore inconnus.

– Il y en a deux, expliqua Kalos. Il tendit son bras en l'air : Tu vois Castor et Pollux ? Au milieu, il y a deux étoiles beaucoup plus petites... Tu arrives à les distinguer ?

Icare chercha longtemps. Mais après avoir

aperçu un premier scintillement, il les vit distinctement.
– Tu as de bons yeux, le complimenta Kalos.
– Quand les lui montres-tu ?
– Gardons-les pour nous encore quelques nuits.

Ils étaient étendus sur le dos et regardaient en l'air, comme lorsque le nuage-centaure était passé au-dessus d'eux. Mais ce qu'ils contemplaient à présent, c'était un abîme recouvert d'une grille d'étoiles.
– Ils ne sont plus sur l'Olympe, dit Icare après un long moment de silence. Ils sont là-haut.
– Qui ?
– Les dieux.
– Pourquoi dis-tu cela ?
– Parce que nous ne les rencontrons plus. Il y a sans doute longtemps qu'ils ne vivent plus sur la terre. Ils ont peut-être pensé un jour que les hommes devaient se débrouiller sans eux. Ça ne veut pas dire que nous leur soyons devenus indifférents. Ils nous regardent... de loin. Il se pourrait bien que les étoiles soient leurs yeux. Ils sont là-haut, loin au-dessus de la terre.

Un grand oiseau de nuit passa au-dessus

du mur. Il volait sans bruit, pareil à un souffle de la nuit.

– Tu l'as vu ? demanda Icare à voix basse. Des ailes gigantesques ! Assez grandes pour effacer les étoiles... ne serait-ce qu'un instant.

– Un jour, dit Kalos, l'homme volera, lui aussi.

– Nous, les hommes ? Voler comme des oiseaux ?

– Oui, j'en suis convaincu. Nous sommes devenus les maîtres de la terre et des eaux, pourquoi pas aussi de l'air ? Nous avons eu l'idée de faire des voiles... Pourquoi n'inventerions-nous pas aussi des ailes pour nous élancer dans les airs ? Dédale a construit un bateau qu'aucun autre bateau ne peut rattraper, un bateau souple comme un poisson, avec des voiles qui s'accordent au vent comme le battement d'ailes des oiseaux. Il inventera des ailes pour détacher l'homme de la terre, des ailes qui le porteront ! Il y parviendra.

Surpris du ton passionné avec lequel Kalos parlait de son maître, Icare répondit :

– Je ne savais pas que tu tenais *tant* à lui !

– Plus qu'à ma propre vie.

S'étant tous deux levés, ils jetèrent un

coup d'œil sur Athènes. En bas, on ne voyait plus que des lueurs isolées. Quand ils descendirent du toit, ils eurent la surprise d'apercevoir de la lumière dans l'atelier secret. La porte s'ouvrit ; Kalos et Icare s'immobilisèrent. Dédale sortit avec un homme que ni l'un ni l'autre n'avait jamais vu. L'inconnu était étonnamment petit. Dédale le conduisit à la porte de la citadelle et ne revint pas. Selon toute vraisemblance, il accompagnait son hôte au pied de l'Acropole pour lui éviter d'être interrogé par les sentinelles. Avec Dédale, que tout le monde connaissait, l'étranger était sûr qu'on ne lui poserait pas de questions.

– Qui cela peut-il être ?

Kalos haussa les épaules.

– Demande-le à ton père !

– Faut-il vraiment le lui demander ?

– Tu dois lui dire que nous l'avons vu. Demain, dès la première heure.

Mais Dédale ne revint que le soir suivant et se comporta comme s'il ne s'était rien passé d'inhabituel. Avant même que Icare eût trouvé l'occasion de lui parler seul à seul, il vint dans la pièce où travaillaient les deux garçons et leur dit :

– Vous vous demandez ce qu'*il* faisait dans

mon atelier. Eh bien, sachez que je prépare quelque chose pour celui qui me l'a envoyé, pour le plus important de mes clients.

– Plus important que le roi ? laissa échapper Icare.

– Oui, répondit très clairement Dédale. D'ailleurs, nous allons bientôt partir en voyage... avec le bateau.

Sur quoi il les quitta, laissant Kalos et Icare s'arranger de ces révélations.

5. Le bateau

C'était un bateau exceptionnel, mi-poisson, mi-oiseau. Icare aimait ce bateau. Il était mince et allongé, mais sa quille lui permettait de bien tenir la mer.

Icare et Kalos avaient proposé des noms que Dédale avait tous refusés : « Il n'a pas besoin de nom : son nom, c'est *le bateau*. »

Pour le protéger des regards curieux, Dédale le rangeait dans un hangar aux portes solidement fermées. Il attendait toujours d'être en mer pour hisser la voile. Mais cette nuit-là, la voile fut montée alors qu'on était encore dans le port. Il faut dire que l'obscurité était totale ; personne n'avait pu voir ce qui se passait.

Le bateau était chargé de caisses, de coffres et de sacs ; il ne restait qu'une seule place pour s'étendre. Mais le vent réduisit à rien le poids de ce chargement, et la proue fendit les vagues comme un oiseau marin qui s'envole.

Dédale mit la main en l'air.

– Un bon vent ! Il souffle comme s'il savait où l'on va !

Toute la nuit, Icare avait essayé d'en savoir plus.

– Attends ! se contentait de répondre Dédale. Attends d'y être !

A présent, il faisait jour. Le soleil se levait dans un ciel sans nuages. Le bateau glissait au milieu d'une clarté aveuglante ; les voiles blanches étaient semblables à de grands miroirs.

Icare interrogea de nouveau son père :

– Pourquoi emportes-tu tout ça ? Tu as même pris tes outils... Pourquoi ?

– C'est le principal.

– Mais ton atelier ?

– Nous ne reviendrons pas, dit alors Dédale.

Icare regarda son père droit dans les yeux.

– Je ne peux pas imaginer de vivre ailleurs qu'à Athènes.

– Tu ne connais pas la Crète, lui répondit Dédale.

C'était donc ça : on allait en Crète. Dédale

y avait travaillé quelques années auparavant... mais sans Icare.

– En Crète... et pour combien de temps ?

– Peut-être pour toujours.

Brusquement, Icare pensa à Kalos.

– Pourquoi sans lui ? cria-t-il. Pourquoi n'est-il pas là ?

– Lui n'a pas besoin de fuir. C'est moi qui suis en danger, moi seul. Il fallait que je t'emmène avec moi : ils auraient pu t'utiliser comme otage pour me forcer à revenir.

– Mais le roi..., commença Icare d'une voix peu assurée.

– Ah ! celui-là ! fit Dédale avec mépris.

– Tu étais son conseiller !

– Oui, j'étais son conseiller. Mais en fin de compte, il a toujours suivi les conseils des autres. Cet Égée n'est pas un roi. Minos, lui, sait régner ! Personne n'oserait s'opposer à sa volonté. Les Athéniens sont tous des ergoteurs. Le dernier muletier se croit plus important qu'un ministre. Des querelles de partis à longueur d'année ! Tous ennemis les uns des autres ! Des envieux qui ne peuvent pas accepter que la victoire revienne à quelqu'un qui n'est pas d'Athènes. N'ont-ils pas tué le fils du roi de Crète sous prétexte qu'il avait triomphé d'un taureau dont ils étaient incapables de venir à bout ? Ils n'ont pas à se plaindre si Minos leur réclame chaque année un tribut de quatorze jeunes gens en châtiment de ce crime crapuleux. Ils seraient capables de s'en prendre à toi, simplement parce que tu es mon fils.

– Mais sur l'Agora, il y en avait beaucoup qui te soutenaient.

– Ça ne veut rien dire ! Ils suivent celui qui fait le plus de bruit.

– Ils criaient ton nom, je les entends encore...

– Un jour ils me portent aux nues et le lendemain ils me piétinent comme un ver. Dédale ajouta en regardant Icare au fond des yeux : Ils veulent me faire un procès.

– A toi ? Mais pourquoi ?

– Pour tentative de meurtre.

– Tu as tenté de tuer quelqu'un ? demanda Icare bouleversé.

– De « prendre la vie », disent-ils. Et à un dieu, par-dessus le marché.

– Pourtant, ta statue d'Apollon, le roi l'a...

– Achetée, mais ça ne prouve rien. Égée est une nullité couronnée qui a peur de sa meute. Et maintenant, les calomniateurs ont réussi : je n'aurai plus le droit de travailler en liberté. Ils m'accusent de haute trahison : il paraît que j'ai ébranlé l'ordre ancien. Je risque la mort ou la proscription. Dans ces

conditions, conclut-il avec un sourire sinistre, je préfère me proscrire moi-même.
– Vont-ils nous poursuivre ?
– Ils ne nous rattraperont pas.
– Et Kalos, est-il en sûreté ?
Sans dire un mot, Dédale fit oui de la tête.
– Mais ils savent qu'il tient à toi, qu'il continuera ton œuvre.
– Ils n'ont pas peur de lui, répondit Dédale. Ils ne craignent que moi. Peut-être même me sont-ils reconnaissants de les avoir débarrassés de ma personne.
– Tu ne crois donc pas qu'ils sont à notre poursuite ?
– De toute façon, ils n'auraient aucune chance.

Dédale continua sur un ton plus serein :
– Les pirates ne vont pas tarder. Puis soudain, montrant quelque chose vers l'est, il s'écria : Les voici !
– Qui ? demanda Icare en se retournant.
– Les pirates.
– Où ça ? Je ne les vois pas.
– Ils vont bientôt émerger, cinq ou six, là !
Icare vit alors cinq dauphins sortir de l'eau, l'échine luisante. L'un d'eux fit dans l'air un arc étincelant.
– Des dauphins ! cria Icare.

– Des pirates, corrigea Dédale en riant. Ils vont plus vite que le bateau. Mais ils ne rattraperont pas celui qu'ils cherchent.

Les dauphins réapparurent, cette fois tout près de l'embarcation.

– Ils examinent chaque bateau, commenta Dédale. Mais avec nous, ils sont mal tombés. Ou bien est-ce toi qui les as transformés en dauphins ?

– Ah, d'accord ! fit Icare. Tu penses aux pirates qui s'étaient attaqués à Dionysos !

Dédale répondit par un clin d'œil.

– Raconte-moi l'histoire !

– Tu la connais aussi bien que moi !

– C'est aux dauphins que nous la devons, assura Dédale en montrant la mer. Regarde-moi ces gaillards, ces pirates ! En avant, tout le monde saute !

Et à nouveau un dauphin bondit hors des flots.

– Peut-être s'agissait-il vraiment de pirates, fit remarquer Icare en contemplant, fasciné, le dauphin qui volait.

– Ils voulaient toucher une grosse rançon, dit Dédale.

– Ils croyaient trouver à bord le fils d'un roi !

Et ils se mirent à fabuler à tour de rôle ; c'était ce que voulait Dédale.

– Ils abordèrent le bateau sans rencontrer de résistance.

– ... parce qu'il n'y avait pas d'équipage sur ce navire royal.
– Bizarre que ça ne les ait pas surpris !
– Ils cherchaient le fils d'un roi, et, justement, il semblait bien y en avoir un sur ce navire. Ils s'emparèrent de lui et l'attachèrent au mât sans qu'il fît mine de se défendre.
– Mais, tout d'un coup, un lion surgit derrière le mât et se mit à rugir d'une façon terrifiante. (Dédale essaya lui aussi de rugir.) Cependant, les choses ne faisaient que commencer car...
– ... maintenant, c'est un pied de vigne qui poussait sur le pont, grimpant jusqu'en haut du mât.
– Et... ?
– ... qui se couvrit de grappes mûres. Chaque grappe était plus grosse qu'un essaim d'abeilles...
– Et alors ?
– ... Grisés par les lourdes vapeurs de la vigne, les pirates se mirent à tituber, et l'un après l'autre ils passèrent par-dessus bord.
– Mais ensuite ?
– Le prince — en réalité, c'était Dionysos —

ne les laissa pas se noyer : il les transforma en dauphins.

– Et, comme il leur est impossible de mourir, ils continuent aujourd'hui encore de mener cette existence de dauphins.

Ainsi s'achevait la vieille histoire. Père et fils éclatèrent de rire.

– Ça fait plaisir de te voir rire un peu ! remarqua Dédale.

Icare continuait de guetter les dauphins.

– Je ne les vois plus, dit-il.

– Ce n'est pas étonnant. Ils ont vu qui nous étions : nous ne les intéressons pas.

Les dauphins ne firent plus de nouvelle apparition.

– Et que se passerait-il si nous avions affaire à de véritables pirates ?

– Il n'y a plus de pirates entre Athènes et la Crète, répondit Dédale. Minos les a délogés de leurs repaires. Le roi de Crète nous a libérés de la piraterie. C'est un souverain digne de ce nom. Je n'aurais jamais dû le quitter pour revenir à Athènes.

– Pourquoi es-tu revenu ?

– J'espérais que le roi d'Athènes adopterait mes plans. Mais cet Égée ne comprend rien au pouvoir : c'est un berger qui se contente

de surveiller son troupeau. Minos est l'homme qu'il me faut. D'ailleurs, il m'attend ; il m'a envoyé chercher.
– Cet inconnu venait donc de Crète ?
– Et il n'en était pas à sa première visite. Par trois fois Minos a essayé de me reprendre à son service. A présent, j'ai compris : c'est la Crète mon atelier, pas Athènes. C'est le seul endroit où je peux réaliser mes projets.

Dédale sortit de sa poche une petite boîte et l'ouvrit.
– Voilà ce que m'a apporté le messager ! Regarde !

Icare s'approcha et vit un sceau en or. Un griffon aux ailes déployées était gravé dessus. La tête regardait en arrière. Un serpent se dressait à la place de la queue. Dédale expliqua :
– Celui à qui Minos envoie ce sceau est sous sa protection. Nul n'a le droit de porter la main sur lui. Maintenant, allonge-toi un peu ! Dans trois heures, je te réveillerai, et tu me remplaceras au gouvernail.

C'est ainsi qu'ils naviguèrent, se dirigeant d'après le soleil et l'étoile Polaire. Une nuit, alors qu'il se préparait à remplacer son père, Icare lui dit :

– Kalos a découvert une étoile, une étoile double. Il te l'a montrée ?
– Oui. La dernière fois que nous sommes montés sur la muraille.

6. Le Gardien

Au lever du jour, Dédale réveilla son fils et lui donna à manger une pleine poignée de figues. Icare se pencha par-dessus bord et plongea son visage dans la mer pour y faire disparaître les traces du sommeil.

Le soleil lançait ses premiers rayons. Sous les raies pâles du large éventail, une ligne se dessinait à l'horizon, au sud, comme tracée à la craie sur un fond plus sombre.

– Est-ce un nuage ? demanda Icare.

– C'est l'Ida, la montagne des Crétois, l'ancêtre à la tête blanche. C'est là, disent-ils, que Zeus aurait grandi, caché dans une caverne parce que Chronos, son père, voulait le tuer.

Plus Icare regardait la ligne blanche, plus elle se détachait nettement sur le ciel. Des tons gris et bleus prenaient le dessus. La montagne grandissait d'heure en heure, imposant sa puissance aux autres montagnes, aux baies, aux plaines et aux îles qui formaient les avant-postes de son royaume. Touchée par le soleil, l'île commença à s'embraser. Puis un sombre rougeoiement l'emporta peu à peu sur le bleu. La côte se dessina dans toute son étendue, semblant venir à la rencontre du navire.

Maintenant, on distinguait des cubes blancs.
– Des maisons, expliqua Dédale.
– Et pas de murailles ?
– Pourquoi des murailles ?
– Pour protéger la ville, la citadelle royale.
– Ici, il n'y a ni citadelle ni murailles.

Dédale mit le cap sur une petite baie :
– Je ne veux pas qu'on remarque notre arrivée.
– Mais tu es l'invité du roi !
– J'ai mes raisons pour agir ainsi.

Le long de la baie, il n'y avait aucune habitation. On voyait sur le rivage de gros rochers étalés comme des monstres préhistoriques. Alors que Dédale amorçait le dernier virement de bord, Icare se leva si brusquement qu'il faillit faire chavirer l'embarcation.

– Regarde ! s'exclama-t-il, là, sur le rocher, il y a quelqu'un qui n'arrête pas de grandir.

Dédale regarda dans la direction indiquée par son fils.

– Ah ! oui, celui-là ! fit-il avec mépris.

– Il grandit sans s'approcher de nous, comment est-ce possible ?

– Il a ça en lui.

– Mais c'est inouï ! s'écria Icare. Il ne bouge pas, et le voilà aussi grand qu'un géant !

C'était la vérité. Il y avait, sur le rocher, un homme qui surveillait le bateau et qui ne cessait de grandir. Sa silhouette, son vêtement, sa ceinture jetaient des reflets cuivrés.

Dédale le regarda sans sympathie.

– Je l'avais complètement oublié, dit-il.

– Tu le connais ?

– Tous les Crétois le connaissent, ce... survivant d'une autre époque !

– Comment s'appelle-t-il ?

– Chacun lui donne un nom différent. Pour les uns, c'est le « colosse », pour d'autres le « géant fou ».

– Et ça ne le vexe pas ?

– Il en rit. Le premier roi de Crète l'avait pris comme gardien, dans des temps très

anciens. Depuis, il se promène autour de l'île pour repousser d'éventuels bateaux ennemis.
– Et il est seul ? Comment fait-il ?
– Il lance des blocs de pierre. Il en a coulé, des navires !
– Il est si fort que ça ?
– Oui.
– Mais il doit être très rapide pour être partout là où il faut...
– Incroyablement rapide ! Il paraît qu'il a aux pieds des ailes invisibles. Ce qui est certain, c'est qu'il n'est plus adapté à notre époque.

Icare sentit du mépris dans les paroles de son père.
– Tu ne l'aimes pas ? demanda-t-il.
– Il ne peut pas se faire à l'idée que, pour protéger la Crète, il est moins efficace que la flotte du roi construite sur mon conseil. Mais il ne m'en veut pas. Il n'en veut à personne. Simplement, il est dépassé et ne veut pas l'admettre.

Le colosse de cuivre se mit à faire signe de la main. Icare lui ayant répondu, le géant sauta dans la mer. Les vagues l'enveloppèrent, mais il émergea et s'approcha à pas puissants.

– Réjouissez-vous avec moi ! cria-t-il de loin. Sois le bienvenu, Dédale !
– Comment ça va, l'Ancien ?
– Qui as-tu amené ?
– Icare, mon fils.
Le colosse tourna vers Icare son visage rayonnant :
– Réjouis-toi avec moi ! Sais-tu qui je suis ?
– Le Gardien.
– C'est ça. Mais appelle-moi Talos, c'est mon nom.
Pendant que Dédale ramenait la voile, Talos tira le bateau derrière lui. Aucun vent n'aurait pu le faire avancer plus vite. Quand le bateau eut touché terre, Icare constata avec étonnement que Talos n'avait rien d'un géant, même s'il dépassait son père d'une tête.

– Vous devez avoir faim, dit Talos, venez !
Il les précéda vers un emplacement planté d'oliviers. Il y avait au milieu un foyer en pierres. Déjà cuit à la broche, un agneau les attendait. Ils s'assirent sur de larges pierres recouvertes de peaux de bête. Il y avait là des outres pleines de vin, une grande cruche d'eau, du pain, des oignons, des olives et du fromage posé sur des feuilles de figuier.
– Servez-vous ! dit Talos. Je ne vous atten-

dais pas et je n'ai rien d'autre à vous offrir. A chacun il coupa une tranche d'agneau : Mangez ! Et pour que vos oreilles ne restent pas vides, je vais vous jouer quelque chose.

Il sortit un coquillage de son sac de cuir et se mit à souffler dedans.

Icare n'avait jamais rien entendu de semblable. On aurait dit le bruit de la mer.

– Mange donc ! le pressa Talos, et il reprit gaiement sa musique.

Dédale et son fils dévoraient comme des affamés. Talos s'arrêtait souvent de jouer pour leur couper des morceaux de viande ou se servir. Chaque fois, il faisait couler un filet de vin dans leurs bouches ; puis, les joues arrondies, il se remettait à souffler dans son coquillage. Sa tête rouge et ronde ressemblait au soleil. Tout en mangeant et en buvant, Icare ne quittait pas des yeux ce Gardien qui, peu de temps auparavant, s'était transformé en géant et avait marché dans la mer pour haler leur bateau jusqu'au rivage.

– Je suis content que tu sois venu ! dit Talos au jeune homme en lui faisant un signe de tête.

Icare avait l'impression de planer audessus du sol. Le vin répandait son feu en lui.

– Père, dit-il, tu as raison. Ça doit être possible de vivre ici.

Il ne restait plus grand-chose de l'agneau que Talos avait préparé. Il jouait maintenant avec tant d'entrain que Icare se mit à danser. Talos à son tour se leva et, frappant le sol tantôt d'un pied, tantôt de l'autre, dansa autour d'Icare.

– Ça suffit ! s'écria Dédale.

Talos remit alors le coquillage dans son sac. Comme Icare avait du mal à tenir debout, il le prit dans ses bras et l'emporta jusqu'au bateau pour le coucher. Ensuite, il revint vers Dédale :

– Vous venez de faire un long voyage. Dors un peu, toi aussi !

– Il faut que j'aille voir le roi, répliqua Dédale.

– Ça ne presse pas.

Dédale le regarda avec méfiance :

– Qu'en sais-tu ?

– Tu ne seras pas en retard, je te le promets.

Le regard de Dédale se fit encore plus perçant.

– Qu'est-ce que tu nous prépares ?

Mais Talos se contenta de secouer la tête. Puis il dit à voix basse :

– Laisse-toi faire, constructeur de labyrinthe ! Tu peux bien avoir confiance en moi.

Dédale finit par accepter et dit dans un grognement :

– Bon ! fais ce que tu veux, espèce de géant fou !

Talos l'emmena au bateau et poussa les caisses de façon à ce que Dédale puisse s'installer confortablement sur les sacs.

Gardé par Talos, Dédale, comme son fils, sombra pour plusieurs heures dans un sommeil profond. Tous deux firent un rêve.

Dédale rêva qu'il était assis sur le dos d'un cheval ; sans qu'il puisse comprendre pourquoi il se trouvait là. Le trot du cheval devenait de plus en plus rapide et de plus en plus saccadé. A chaque heurt des sabots, Dédale recevait au cœur un coup qui le disloquait. Quand le cheval tourna sa tête vers lui, Dédale vit avec effroi que ses orbites étaient vides. Il tenta de saisir les rênes, mais il n'y en avait pas. Il agrippa alors la crinière, qui lui resta dans les mains. Perdant toute prise, il tomba et le cheval poursuivit sa course effrénée dans le vide.

A ce moment, Dédale se réveilla, effaré. Il vit que le bateau était posé au pied du large escalier qui menait à la résidence royale.

Debout près de lui, Talos le regardait avec aux lèvres un grand sourire.

Icare, lui, rêva qu'il avançait entre deux murailles qu'il avait l'impression d'avoir déjà vues. Tout à coup, il reconnut à sa droite les trois griffes laissées par le trident de Poséidon. Les deux parois se rapprochèrent de lui sans qu'il s'en inquiétât : il restait entre elles suffisamment de distance pour permettre à Icare de les escalader en prenant appui sur les blocs dont elles étaient formées. Les deux murailles semblaient même l'aider ; chaque fois, le bloc sur lequel il se préparait à poser la main ou le pied s'avançait pour faire saillie. Il grimpa avec de plus en plus de facilité jusqu'au sommet. Lorsqu'il ouvrit les yeux, il fut aveuglé et ne put rien distinguer.

« C'est le soleil ! » pensa-t-il.

– Icare, réveille-toi !

Il vit un visage rayonnant.

– Tu as l'air étonné, dit Talos.

– Je croyais avoir été réveillé par le soleil.

– C'est bien ça !

Icare aperçut alors le palais. Il descendit du bateau.

– Où sommes-nous ?

– Devant la demeure du roi.

– Mais comment sommes-nous arrivés jusqu'ici ?
– En bateau, dit Talos, l'œil rieur. Comme il se doit pour des gens de mer.
– C'est complètement insensé, dit Dédale. Il a pris le bateau sur ses épaules et nous a portés ici !
– Sommes-nous loin de la côte ? demanda Icare.
– Pour nous, à deux heures de marche, répondit Dédale ; mais pas pour lui.
– Venez ! dit Talos. J'ai annoncé au roi votre arrivée.

Ils gravirent le grand escalier qui menait à l'entrée du palais. Le Gardien les suivait. Icare ne savait pas s'il continuait son rêve ou s'il était éveillé ; tout était si nouveau pour lui. Pourtant, il se sentait en sûreté, plus qu'il ne l'avait jamais été.

Maintenant, ils longeaient un corridor dont les murs étaient ornés de poissons volants, d'étoiles de mer, de pieuvres et de coquillages. Et comme il y régnait une douce lumière verte, Icare eut l'impression que le roi habitait au fond des mers, et non sur une colline plantée d'arbres sans âge.

Ils passèrent devant des sentinelles parfaitement immobiles. Rien ne bougeait dans leurs visages noirs, sauf leurs yeux. Par la suite, le jeune homme apprit que Minos s'entourait d'une garde constituée de Noirs et commandée par un Crétois.

Talos conduisit les deux arrivants dans la salle des audiences. Ils y furent reçus par un roi fort aimable, un petit homme aux gestes animés et aux yeux vifs, qui salua Dédale comme il aurait salué un parent. Celui-ci lui présenta son fils.

– Tu as bien fait de l'emmener avec toi.

Minos ne fit aucune allusion aux invitations que l'Athénien avait, jusqu'à présent, refusées ; il fit comme si Dédale revenait de voyage.

– Tu vas voir, dit-il à Icare, ce que ton père a fait en Crète. S'adressant à Talos, il ajouta : Tu lui montreras.

– Talos ? fit Dédale en plaisantant à demi, mais il a autre chose à faire, et de plus important que ça !

Le roi regarda Dédale avec surprise. Puis il sourit furtivement :

– Comment pouvais-je l'oublier ! dit-il en s'efforçant d'être sérieux. Le Gardien doit veiller à notre sécurité. Il jeta un rapide coup d'œil à ceux qui l'entouraient et déclara : Ariane, alors.

Près de Minos se tenait une jeune fille de haute taille. Elle avait des cheveux bruns et des yeux noirs qui brillaient d'un éclat inhabituel. Depuis que Icare était entré dans la salle, elle ne l'avait pas quitté des yeux ; elle le contemplait comme une apparition.

Minos se tourna vers elle :

– Veux-tu t'en charger ?

Elle n'entendit pas sa question et laissa tomber, plus pour elle-même que pour les autres :

– Comme il lui ressemble !

– A qui ? demanda Minos.

– A Androgeos.

Le roi parut troublé. Inquiet, Dédale lui jeta un coup d'œil avant de regarder à nouveau la jeune fille. Talos, au contraire, manifesta vivement son approbation :

– Tu as raison. Moi aussi, Icare me rappelle Androgeos. C'est comme s'il était...

D'un regard, Minos l'obligea à se taire. Pourtant, les quelques mots de Talos avaient suffi à changer quelque chose ; Ariane le regarda avec reconnaissance, comme si le Gardien l'avait libérée d'une malédiction. C'est un visage apaisé qu'elle tourna vers Icare. Quand Minos la pria pour la seconde fois de montrer à Icare la merveilleuse construction que Dédale avait édifiée à la place de l'ancien sanctuaire, elle accepta sans hésitation.

– Dès demain, si tu veux.

– Tu n'as qu'à te laisser guider, s'empressa d'ajouter Dédale. Ariane est le meilleur des guides. Personne n'a autant d'amis qu'elle.

7. Le sceau

C'est une étrange construction que Icare découvrit le lendemain. Son étonnement augmentait à chaque pas ; mais son trouble aussi. Il s'attendait à entrer dans un sanctuaire, dans un lieu voué au calme, et voici qu'on le conduisait dans une ville pleine des bruits de la vie. Il y avait là des milliers de personnes qui travaillaient, des milliers de logements collés les uns aux autres comme les rayons d'une ruche. D'une hauteur modeste, la colline se trouvait magnifiquement surélevée par un amoncellement de bâtiments qui se fondaient en un édifice d'un seul tenant. Sous la conduite d'Ariane, Icare parcourut de larges avenues, des plans inclinés, des escaliers, des colonnades et des corridors. Il y avait des salles lumineuses, et d'étranges pièces où la lueur du jour ne parvenait qu'après avoir traversé, par un puits, les trois étages supérieurs. Des vérandas et des balcons, on découvrait une vaste campagne. L'immense construction était entourée de pins et de cyprès, mais s'élevait bien plus haut que la cime des arbres.

Icare vit des entrepôts où s'alignaient dans de longs sillons de pierre d'innombrables amphores de la taille d'un homme.

– Dedans, expliqua Ariane, il y a du vin, de l'huile, du froment. Ton père a prévu des réserves pour plusieurs années.

La fille du roi pouvait entrer partout. Icare comprit, à la façon dont on le regardait, qu'on était au courant de son arrivée. La nouvelle du retour de Dédale s'était répandue comme une traînée de poudre.

Icare pénétra dans des salles pleines d'armes et d'outils, dans d'autres où l'on avait emmagasiné des barres de cuivre et des masses de porphyre ; il vit aussi les archives où était comptabilisé sur des tablettes tout ce qu'on entreposait.

Autour des grands bâtiments, les places grouillaient de monde comme des marchés. De l'ouest montait le bruit des ateliers. Il y avait là des orfèvres et des ouvriers du cuivre, des menuisiers, des fabricants d'outils, des foulons, des teinturiers et des fourreurs. Parvenus dans la Grande Cour, ils contemplèrent cette agitation, Ariane dit alors à Icare :

– C'est ton père qui a mis tout cela en marche.

– Mais n'y a-t-il ici aucun sanctuaire ? demanda Icare, stupéfait.

– Si, la maison de la Grande Maîtresse.

– Et ça ne la dérange pas, tout ce bruit ?

– Elle aime la vie. Les jours de fête, c'est ici que le peuple se rassemble pour l'honorer ; et quand le roi prend place sur le trône de la déesse, il n'y a plus un bruit.

Par un portail orné de trois piliers, ils entrèrent dans une salle dont le plafond s'appuyait sur trois colonnes. Le sol était couvert de dalles. Sur le mur principal, deux griffons peints semblaient garder un trône de pierre dont le dossier avait la forme d'une feuille. Aucun trône en or n'aurait eu plus de dignité.

– Il paraît, dit Ariane, que ce trône est là de toute éternité. C'est ici que le roi et la Grande Maîtresse tiennent conseil.

Des colonnes séparaient la salle du trône

d'une pièce latérale au centre de laquelle un escalier descendait dans une cavité. Icare interrogea Ariane du regard, mais celle-ci l'entraîna plus loin, dans des salles où la lumière entrait par de larges fenêtres. Des peintures murales montraient de jeunes Crétoises devisant et jouant. Icare y distinguait aussi des buissons en fleurs, des oiseaux, des poissons, des étoiles de mer, des animaux ; les oiseaux jouaient avec la lumière ; les poissons avec l'eau. Des chats traversaient des bosquets ; des singes s'élançaient dans des prairies plantées de crocus. C'était comme si la mer avait recouvert les murs et, avant de se retirer précipitamment, y avait abandonné poissons, pieuvres, varech et étoiles de mer. La campagne, de son côté, voulant, semble-t-il, rivaliser avec la mer, avait déposé avec prodigalité différentes espèces du monde animal et végétal. Et tout cela continuait à vivre d'une merveilleuse façon. Avec leurs créatures, mer et campagne étaient ici rassemblées pour toujours, tel un monde éclatant de couleurs au sommet d'une invisible colline.

Des porteurs d'offrandes ornés d'aigrettes et de bagues étaient peints sur les murs des couloirs. Munis de vases immenses, ils se rendaient en cortège chez la Grande Maîtresse.

– Il y a autant de porteurs que l'année a de jours, expliqua Ariane. Ton père en a décidé ainsi. Tout ce que tu vois ici, c'est lui qui l'a conçu. Il a marqué cet endroit de son sceau.

Ariane était admirative : cela s'entendait. Brusquement, elle demanda :

– Et toi, as-tu déjà un sceau ?

Et comme Icare répondit qu'il n'en avait pas, elle déclara :

– Je suis sûre qu'il en a un pour toi.

– Qui ?

– Akros, le faiseur de sceaux.

Ils descendirent par un escalier étroit dans le quartier des artisans. Tout le monde les saluait. Après avoir parcouru des ruelles bruyantes, ils parvinrent à un modeste atelier dont la porte était ouverte.

Ariane entra et fit signe à Icare de la suivre. A l'intérieur, le calme régnait, comme si les bruits se contentaient de passer devant le seuil.

La pièce était petite. Assis derrière une table encombrée d'outils, un homme travaillait. Il était tellement absorbé par ce qu'il faisait qu'il ne remarqua pas l'arrivée des deux visiteurs. Ariane n'essaya d'ailleurs pas d'attirer son attention. Icare fut sensible à l'impression de paix qui émanait de cet homme sans âge. Celui-ci approcha à plusieurs reprises de son œil droit le sceau qu'il confectionnait.

Tout à coup, Akros aperçut Ariane, et son visage montra combien il était content de sa venue. Il se leva et donna un tabouret à chacun des deux jeunes gens.

Comme il dévisageait Icare, Ariane expliqua au jeune homme :

– Il sait qui tu es. Et il trouve que tu ne ressembles absolument pas à ton père.

Icare fut étonné : pourquoi était-ce Ariane qui lui disait cela, et non pas Akros lui-même ? Ces deux-là avaient l'air de se comprendre d'un simple coup d'œil.

Ariane déclara alors à Akros :

– Il me faut un sceau pour Icare.

L'artisan déplia sur la table une pièce de cuir sombre et étala les sceaux qu'il avait en réserve. Certains étaient en agate, en onyx, en cristal de roche ; d'autres taillés dans l'ivoire, le jaspe ou le basalte. Chacune de ces pierres jetait une lueur particulière. A mieux les regarder, Icare distingua des serpents, des oiseaux, un bouquetin sur une falaise, un dauphin jaillissant des eaux, un acrobate dont les pieds touchaient la tête, et une tête de taureau portant entre ses cornes une hache à deux tranchants.

– Choisis-en un, lui dit Ariane.

Icare hésitait. Le dauphin bondissant lui plaisait beaucoup, mais ils semblaient tous avoir tant de valeur qu'il n'osait même pas les toucher.

Akros, qui l'observait discrètement, prit le sceau avec le dauphin et le lui tendit après y avoir passé une cordelette.

– Moi aussi, dit Ariane, c'est celui-là que je t'aurais donné.

Elle lui montra alors celui qu'elle portait autour du cou. Il était en jaspe et représentait un bateau avec une voile.

– Il faut aussi que tu voies celui d'Akros, dit-elle en jetant à ce dernier un regard complice. Il faut que tu saches à qui tu as affaire.

Icare n'en crut pas ses yeux : c'était la tête cornue d'un faune dont le visage grimaçait d'un air moqueur. Et lorsque le jeune homme regarda l'artisan, son étonnement fut sans limite : c'était, grandeur nature, le même visage qui lui souriait. A la place des cornes, Akros avait mis ses doigts.

– C'est le plus grand faiseur de grimaces de

toute la Crète, expliqua Ariane ; il peut tout imiter. Puis elle se tourna vers Akros : Fais le singe qui parle avec un autre singe !

En un instant, le faune se transforma en un singe qui regardait autour de lui avec inquiétude, comme s'il se sentait menacé. Ses mains n'étaient plus des cornes, elles se balançaient à la hauteur de ses genoux. Puis, soudain, le singe se figea ; il venait de découvrir un deuxième singe qui le dévisageait dans le miroir métallique pendu au mur. Ils s'approchèrent l'un de l'autre.

– Qui es-tu ? demanda le premier, l'œil étincelant.

– Et toi, qui es-tu ? fit l'autre en l'imitant.

– Il ne faut pas s'amuser avec moi ! dit le premier en montrant les dents.

– Et moi, tu crois que je plaisante ?

– Tu n'as rien à faire ici ! reprit le premier en tordant les lèvres.

Le second lui renvoya sa remarque.

– Va-t-en ! dit le premier singe en s'approchant de lui.

– Va-t-en ! répliqua celui du miroir.

– Je ne veux plus te voir ! déclara le premier en se démenant furieusement de la tête, des mains et des pieds.

– Plus te voir ! fit en écho le miroir.

Il y avait de l'orage dans l'air. Des éclairs

s'allumaient dans leurs quatre yeux. C'est alors qu'il se passa quelque chose d'inattendu. Le premier singe fit un pas à gauche du miroir et regarda l'endroit où devait se trouver le second. Il n'y était plus, il n'existait plus. Alors, le visage rayonnant de joie, le singe se mit à danser autour d'Icare et d'Ariane.

– Il n'existe plus ! lança-t-il en levant les bras en l'air dans un geste de triomphe.

Puis, brusquement, il redevint Akros l'artisan, considérant calmement Icare, comme s'il venait de lui donner son sceau et qu'il ne s'était rien passé d'autre.

– As-tu compris ce qu'il disait ? demanda Ariane quand ils eurent quitté l'atelier.

– Oui, absolument tout.

Puis, Icare ouvrit de grands yeux et dit :

– Mais il n'a pas prononcé un seul mot !... Pourquoi cela ?

– Il est muet, répondit Ariane. Après quoi, elle ajouta : Tu viens de te faire un ami.

Passant autour de son cou la cordelette qui portait le sceau, Icare lui dit :

– Et toi, tu m'as fait un grand cadeau.

8. Androgeos

Ariane et Icare traversèrent l'étroite plaine qui s'étendait au pied de la ville et montèrent sur une petite éminence où se dressaient les silhouettes imposantes de trois grands pins. Au-dessus du sol couvert d'herbe, les branches mêlées des trois arbres formaient une véritable voûte. Au milieu de l'espace ainsi formé se trouvait un bloc de pierre, plat comme une table. En regardant au loin entre les troncs, Icare vit des oliveraies, des vignobles, des champs et des pâturages, une montagne qui pointait ses deux sommets vers le ciel et, de l'autre côté, la maison de la Grande Maîtresse.

– Tu viens souvent ici ? demanda-t-il à la jeune fille.

– C'est ma maison, depuis des années.

– Quel toit ! s'exclama Icare en contemplant avec admiration la puissante ramure des arbres.
– Ma maison n'a pas de murs, mais ça ne fait rien : du moment qu'elle a des fenêtres...
Icare regarda la colline voisine où s'étageaient les constructions de son père.

– Que penses-tu de ma table ? interrogea Ariane.
Icare jeta un coup d'œil sur le bloc de pierre et fut effrayé : enroulé sur lui-même, un serpent profitait de l'unique tache de soleil dans cet endroit ombragé ; sa tête étincelait comme une grosse émeraude.
A son tour, Ariane vit le serpent.
– N'aie pas peur. Il habite sous la pierre. Tu vois, il ne se gêne pas pour nous. Ne le trouves-tu pas joli ?
Comme si Ariane lui avait fait signe de s'en aller, le serpent glissa lentement dans l'herbe et disparut sous la pierre.
– Si, murmura Icare.
– Aucun Crétois n'oserait faire du mal à un serpent, dit la jeune fille. Tout comme les lions et les oiseaux, ce sont des créatures de la Grande Maîtresse. De temps en temps, ses prêtresses prennent des serpents dans leurs mains pour nous rappeler que la déesse ne

règne pas seulement sur le jour et sur la terre, mais aussi sur le monde souterrain auquel nous n'avons pas accès. Ariane regarda Icare droit dans les yeux : Sais-tu que les serpents se glissent hors d'eux-mêmes ? Ils se dépouillent de ce qui pourrait les empêcher de grandir.

Icare remarqua qu'elle le dévisageait comme elle l'avait fait lors de leur première rencontre. Il voulut lui demander des explications, mais elle le devança en déclarant soudain, sans le quitter des yeux :
– Tu as entendu ce qu'a dit Talos. Lui aussi trouve que tu ressembles à mon frère Androgeos.

Icare, embarrassé, ne savait pas quoi dire.

– Tu sais, continua-t-elle, que mon frère a été tué à Athènes ?

Icare fit un signe d'acquiescement. Ariane dit alors :
– Ici, c'était aussi sa maison. Nous y venions souvent ensemble avant qu'il parte pour ce voyage dont il n'est pas revenu. Je n'y suis jamais allé avec une autre personne. Mais une fois, j'ai rencontré quelqu'un qui, comme toi, lui ressemblait.

Elle se tut un moment ; puis, désigna la

montagne qui soutenait le ciel de ses deux cornes :

– A mi-chemin de cette montagne, il y a dans la campagne un endroit clôturé de poteaux. C'est là qu'on forme ceux qui doivent sauter par-dessus le taureau qui les charge, afin de montrer au peuple lors des fêtes de la déesse que l'animal peut être vaincu. Nul ne le faisait aussi bien qu'Androgeos.

– Mais, fit observer Icare, on ne prend que des jeunes Athéniens !

– Il n'en a pas toujours été ainsi. Autrefois, c'était des jeunes Crétois et des jeunes Crétoises qui affrontaient le taureau. Androgeos a tant de fois triomphé que j'avais fini par ne plus avoir peur pour lui. Mon frère ! Il triomphait de la mort... avec un aplomb inégalable ! Quand le taureau était assez près, il bondissait de toute sa souplesse puis saisissait fermement les cornes pour obliger la bête à le lancer en l'air. Elle le projetait au-dessus d'elle et Androgeos était rattrapé par celui qui allait se risquer après lui à ce jeu mortel. Ils n'ont pas tous réussi... Mais je vais te raconter l'histoire d'Androgeos et d'Ariane. Écoute-la jusqu'à la fin !

Elle contempla la table de pierre, comme

si elle voulait y lire son histoire. Son visage devint semblable à un masque. Quand elle se mit à parler, sa voix sonnait d'une étrange façon.

– Il y avait un prince nommé Androgeos. Il avait une sœur qui s'appelait Ariane. Leur père, c'était Minos, le roi de Crète. Dans les jeux de l'arène, Androgeos avait déjà vaincu un grand nombre de bêtes. Un jour, il apprit qu'un taureau ravageait les campagnes athéniennes et que personne n'osait s'y attaquer. Il se rendit à Athènes, traqua l'animal et finit par en venir à bout. La population d'Athènes et des environs remercia son sauveur. Mais ceux qui avaient fui devant le taureau se rassemblèrent et dirent : « Que veut cet étranger ? Cherche-t-il à nous ridiculiser ? » Oui, voilà ce qu'ils dirent. Puis ils invitèrent le prince de Crète à un banquet, comme pour lui rendre hommage, et ils le tuèrent tandis qu'il était à table et ne se doutait de rien. C'est-à-dire qu'ils tuèrent leur invité, alors que chez tous les peuples civilisés l'invité est sacré à l'égal des dieux ! Androgeos ne revenant pas, Minos envoya aux Athéniens des émissaires pour demander : « Où est Androgeos, mon fils ? » — « Nul ne le sait, répondit le roi d'Athènes ; il s'est peut-être approché trop près du taureau ! »... Mais les gens du peuple leur apprirent la vérité.

« Fou de douleur et de colère, Minos écouta le récit que lui firent ses émissaires. Puis il rassembla une grande flotte et partit pour Athènes. Là, il assiégea la citadelle et s'en empara. Ayant fait prisonnier le roi grec, il lui dit : "Tu m'as menti et tu t'es moqué de moi : tu savais que des assassins ont tué mon fils. Je pourrais détruire Athènes si je le voulais. Mais je veux qu'Androgeos soit vengé aussi longtemps que je vivrai. Chaque année, tu m'enverras sept jeunes hommes et sept jeunes filles qui auront à affronter le taureau comme l'a fait Androgeos. Et afin qu'ils aient le même destin que lui, aucun d'eux ne reviendra dans son pays." Le roi d'Athènes dut se soumettre à cette exigence, et Minos rentra en Crète. Chaque année, dès lors, quatorze jeunes gens vinrent d'Athènes. Quand l'un d'eux manquait son saut et qu'on l'emportait hors de la Grande Cour, Ariane se contentait d'observer calmement la scène. Elle savait aussi que même ceux qui réussissaient ne reverraient jamais Athènes. Rien de tout cela ne la privait de sa tranquillité d'esprit. Sa haine des Athéniens la rendait aveugle. Elle allait même jusqu'à dire à son père : "Tu fais bien de les punir. Ta ven-

geance est juste.'' Cependant vint un jour où elle changea d'avis... »
– Que se passa-t-il, ce jour-là ? interrogea Icare.

La jeune fille reprit son récit et Icare vit que son visage frémissait et que sa voix avait un ton nouveau.
– Un jour, dans la Grande Cour, j'aperçus un jeune Athénien qui ressemblait tellement à Androgeos que j'eus l'impression de voir mon frère vivant. Quand le taureau fonça sur lui, je retins mon souffle. Puis je criai : « Androgeos ! » Je suis certaine que c'est mon cri qui gêna l'Athénien. Il sauta trop tard. De sa corne, le taureau lui transperça la poitrine et l'envoya rouler à terre. Des hommes se ruèrent pour détourner l'animal. Quant à moi, je courus dans l'arène, je m'agenouillai près de lui en chuchotant à nouveau le nom de mon frère. Il me regarda avec un immense étonnement, puis ses yeux perdirent leur lueur. Pour moi, c'était mon frère. Aujourd'hui, je sais que dans ces innocents qui continuent chaque année d'être livrés à la rage vengeresse de mon père, c'est chaque fois Androgeos que l'on tue.

Elle continua d'une voix plus calme :

– Je me suis dépouillée de toute haine, comme un serpent se dépouille d'une peau usée. Mais mon père continuera de haïr et d'exiger des victimes pour les livrer au monstre des profondeurs, au Minotaure. J'attends le jour où quelqu'un pénétrera dans cet antre de l'angoisse et en sortira en disant : « Il n'y a plus de monstre, je l'ai anéanti. »
– Mais qui réussira ?

– Il n'y a qu'une personne qui pourrait le faire.
– Qui ?
– Ton père. C'est lui qui a enfermé le Minotaure dans le Labyrinthe. Il n'y a que lui qui puisse le supprimer. Ton père a toujours une solution pour tout.
– Il n'osera jamais s'opposer au roi !
– Il faut qu'il mette un terme à cette horreur ! Supplie-le ! Demande-lui s'il serait capable, lui, de venger sur des innocents la mort de son fils, durant des années.
– Mais il hait les Athéniens. Autant que ton père.
– Demande-lui quand même ! Demande-lui avant l'arrivée du navire aux voiles noires !
– Je sais d'avance ce qu'il répondra.

Ariane prit Icare par les bras et lui dit :

– Demande-lui ce qu'il ferait si c'était toi que le sort avait désigné !

Consterné, il lui répondit :
– Je lui demanderai, je te le promets.

9. Des fontaines à ailes

Icare attendait le moment propice. Mais les jours se succédaient sans qu'il trouvât l'occasion de parler tranquillement avec son père. Ou bien Dédale était chez le roi, lequel l'avait élevé au rang de premier conseiller ; ou bien il s'enfermait dans son atelier mis sous scellés durant les années qu'il avait passées à Athènes. Icare avait le droit d'y pénétrer, car il était autorisé à participer aux projets et aux réalisations de Dédale ; mais le garçon n'aurait pas osé y venir pour poser à son père les questions dont Ariane l'avait chargé.

Dédale travaillait fiévreusement. Qu'il revînt du palais royal ou qu'il sortît de son atelier, il arborait toujours un air triomphant et s'enveloppait dans un mutisme qui le rendait inaccessible. Avec Minos seul, il se montrait ouvert. Devant lui, il étalait tous ses plans et les commentait abondamment.

Icare aussi avait droit à ces longues explications, surtout quand il venait dans l'atelier ; mais alors, c'était comme si Dédale parlait tout seul ou comme s'il répétait sa prochaine entrevue avec le roi.

– La Crète est impraticable, dit-il un jour. Tous les paysans, tous les bergers le savent. Il n'y a pratiquement pas de routes, tout juste des sentiers muletiers sur lesquels on perd énormément de temps. Il faut que tous les endroits importants soient reliés entre eux par de bonnes routes.

– Les Crétois sont-ils si pressés ? s'étonna Icare.

– Le roi aussi me posera cette question, et je lui répondrai : oui ; oui si le roi de Crète doit atteindre le rang auquel le destine sa naissance, s'il doit devenir le maître des mers, le premier des rois.

– Est-il d'une si haute naissance ?

– Ça, le roi ne se le demandera pas, assura Dédale en souriant d'un air supérieur. Il sait qu'il descend du premier Minos, lui-même fils du premier des dieux. Non, ce qu'il demandera, c'est plutôt : « Quels sont donc

ces endroits importants qu'il convient de relier par de bonnes routes ? » Et je répondrai : « Les ports, les mines, les cités de l'est, de l'ouest et du sud ; sans parler du palais royal. » Et chaque fois, il acquiescera d'un signe de tête. Puis il tendra l'oreille car je lui dirai : « En Crète, tout est important, même les endroits les plus déserts, et surtout les côtes où il n'y a pas de falaise, les baies ouvertes à tout venant, aux amis comme aux ennemis. »
– Tu oublies Talos.

Dédale eut un sourire plein d'indulgence.
– Il est désormais bien trop vieux.
– Mais grâce au roi de Crête, il n'y a plus de pirates !
– C'est exact. Seulement ce n'est pas aux pirates que je pense, mais à ces rois qui disposent de grandes flottes. Un jour ou l'autre, l'un d'entre eux pourrait se croire appelé à régner sur toutes les mers et toutes les îles, donc aussi sur la Crète.
– Qui oserait attaquer la Crète ?

Dédale répondit immédiatement, comme s'il avait attendu cette question :
– Celui qui se serait constitué une flotte plus redoutable que la flotte crétoise. Mais cela n'arrivera pas. Le roi de Crète y veillera.

Grâce à moi, Minos aura toujours plus de navires que les autres, et ces navires seront toujours plus rapides, toujours mieux équipés. Ses équipages seront formés de mercenaires aguerris, et il les payera plus qu'aucun roi n'a jamais payé ceux qui sont responsables de la sécurité de son pays. Et ce sont ces navires qui rendront la Crète imprenable, pas ce... bonhomme au teint de cuivre. Dédale poursuivit, l'air moqueur : Il n'est plus à la hauteur de sa tâche, même s'il a rendu bien des services.

– Qu'as-tu contre lui ? demanda brusquement Icare. Où trouver un être pareil ? Il est inégalable !

– Sans doute. Mais il est unique : c'est là son défaut.

– Et sinon, tu n'as rien à lui reprocher ?

– C'est suffisant, poursuivit froidement Dédale. Imagine que quelque chose l'empêche de remplir sa fonction, un stupide concours de circonstances ! Imagine qu'il se brise une cheville ou qu'il se foule le poignet ! Comment pourrait-il alors lancer ses rochers ? Inversement, celui qui, en face, peut aligner sept mille mercenaires, que lui importe d'en perdre deux à trois mille dans un engagement malheureux ? Mais avec la flotte dont je parle, même dans un pareil cas, la Crète ne se retrouverait pas sans défense face à son assaillant.

A ses mots, Icare frissonna.

Dédale était intarissable.

– Le pouvoir doit s'appuyer sur un système de défense infaillible. Il faut pour cela des milliers d'oreilles disséminées partout, des signaux d'alarme auxquels n'échappe aucun intrus. Puis, élevant la voix : La Crète regorge de métaux. Il suffit de les découvrir et de les exploiter. Il faut agrandir les arsenaux. Mais le principal, c'est de créer une flotte supérieure à toutes les autres, une flotte pour la haute mer et pas seulement pour le domaine côtier où se cantonnent les anxieux. Fous qu'ils sont ! Les poltrons, la mer les brise sur ses écueils ; mais ceux qui lui font confiance, elle les porte au loin et joue avec eux son grand jeu. Une flotte puissante, c'est un pont entre les continents et, en même temps, un mur que l'on peut opposer à l'ennemi, un moyen de lui échapper ou de l'encercler !

Il n'était pas rare qu'en présence de son fils Dédale se laissât aller à des débordements de ce genre ; il s'efforçait avec toute sa fougue de l'enthousiasmer pour ses projets.

Un matin, lorsque Icare entra dans l'atelier, Dédale vint à sa rencontre, l'air épuisé, et lui dit en lui prenant les deux mains :
– Ça y est ! J'ai trouvé !

Il était haletant, comme si, à bout de forces, il venait d'atteindre le sommet d'une montagne.
– Nous allons faire jaillir des sources là où nous avons besoin d'eau. Des milliers de sources ! Maintenant, je sais comment aller chercher de l'eau sous terre sans bouger le petit doigt.
– Comment ça ?
– Avec des ailes, avec des fontaines à ailes. Bientôt, tu verras ça de tes propres yeux. Le roi viendra. Tous les paysans dont les champs se dessèchent accourront pour voir l'eau sortir du sol sans qu'ils aient besoin de la puiser.

Dédale conduisit son fils à la table où il avait étalé ses plans. Il lui expliqua tout en détail. Le jour même, il l'emmena à l'endroit où une banale fontaine allait être transformée en une machine distribuant l'eau qu'« un simple geste du ciel suffirait à rendre généreuse ». C'était là ses propres mots.

Quelques jours plus tard, l'invention pouvait être montrée au roi et à sa cour. Des paysans et des bergers vinrent aussi en toute hâte, ainsi que des potiers itinérants et des forgerons. Et tous virent avec émerveillement l'eau monter des profondeurs du sol sans qu'on eût pour cela à faire le moindre effort.

Dédale expliqua d'un ton détaché :

– Il ne faut que du vent, rien de plus.

Le vent qui soufflait de la mer s'était pris dans les ailes que l'on avait attachées à une roue placée au-dessus du sol, et la faisait tourner ; la roue, à son tour, faisait sortir du puits des cruches pleines d'eau et y plongeait des cruches vides. Ce n'était plus la peine de se fatiguer : l'eau coulait sans même qu'on eût besoin de s'en occuper. Des canalisations la conduisaient là où il fallait, de sorte qu'il n'y avait pas non plus à la transporter. Un geste de la main, et l'eau coulait ; un autre geste, et la roue s'arrêtait.

– C'est un miracle ! dit le paysan qui avait permis à Dédale de construire la fontaine ailée sur sa terre. Un miracle comme seuls les dieux en font !

– Tu exagères, lui dit Dédale. Je n'ai fait qu'observer avec patience et réfléchir un certain temps. Et je dois te remercier d'avoir tenu ta langue pendant que je faisais mes essais.

Mais le roi s'avança et dit :
– Tu es trop modeste, Dédale. L'eau est dans la terre depuis toujours, et depuis toujours souffle le vent. Mais il fallait que quelqu'un vienne et leur dise : « Pourquoi ne pas vous unir ? » C'est toi qui a fait cela, et maintenant nous avons une fontaine ailée qui offre son eau sans qu'il y ait rien à faire.
– Il y en aura bientôt des centaines en Crète, des milliers ! promit Dédale. La Crète deviendra une île ailée.

La roue se mit à tourner plus vivement. Les cruches pleines jaillissaient du puits et les vides y plongeaient si vite que c'est à peine si on pouvait encore les voir. Le vent, en effet, s'était mis à souffler par rafales, et ce changement était si soudain que tout le monde s'en étonna. Mais on ne tarda pas à comprendre ce qui se passait : Talos, le Gardien, arrivait à toute vitesse. Il s'approchait comme une nuée d'orage, et c'est le souffle de sa course qui faisait tourbillonner la roue et trembler les montants auxquels elle était fixée. Son manteau flottait au-dessus de ses épaules comme une voile dans la tempête et ne retomba à nouveau sur son dos que lorsqu'il s'arrêta. La roue retrouva alors sa vitesse normale.

L'irruption du Gardien amusa tout le monde ; même le roi riait.
– Il fallait à tout prix que je vienne voir ça, s'écria Talos, encore haletant. Même si tu ne m'as pas invité, lança-t-il à Dédale sans pour autant paraître vexé.
– Comment ai-je pu t'oublier ! fit Dédale. Mais tu sais...
– Oui, je sais : tu as tant de choses en tête, et tu réalises tant de choses. Mais là, dit-il en désignant la fontaine, tu t'es surpassé.

Il examina la roue, les montants, les cruches, les canalisations. Il ne tarissait pas d'éloges. Son admiration était immense : il suffisait de l'entendre ; et on voyait bien aussi que Dédale en était très flatté.
– Je suis content, lui dit franchement ce dernier, que mon travail te plaise.

Icare ne perdait pas un mot de la conversation. Il n'avait jamais vu son père si bien disposé à l'égard de Talos. A ce moment précis, Ariane, qui était venue avec le roi, attira son attention. Elle lui jeta un regard que lui seul pouvait comprendre : c'est aujourd'hui qu'il devait interroger son père.

On fêta l'événement autour d'une grande table où tout le monde prit place. Il y avait là côte à côte des paysans, des bergers, le roi,

Talos, Dédale, Ariane et Icare. On ne cessa de féliciter Dédale. Des musiciens ambulants se mirent à jouer ; mais ce fut Talos qui, avec son coquillage, fit danser toute la tablée.

Ce n'est que vers le soir que le roi regagna Cnossos.

– Une belle journée ! dit Dédale quand il fut seul avec son fils. Un vrai jour d'allégresse !
– Cette arrivée de Talos, n'était-ce pas merveilleux !
– Oui, vraiment. Quel drôle de gaillard ! Il a tellement fait de vent qu'il a rassemblé toute la Crète d'un seul coup.
– Il n'y avait qu'un absent, et celui-là aurait été plus heureux pour toi que tous les autres.
– Qui ça ?
– Il ne te manque pas ? Après un instant d'hésitation, Icare poursuivit : Pourquoi ne l'amènes-tu pas ici ?

Maintenant Dédale savait de qui parlait son fils.
– Cela m'est impossible. Tu sais bien que je n'ai plus aucun contact avec les Athéniens. Et toi non plus, tu ne dois plus avoir affaire à eux.
– Mais le roi peut faire quelque chose.
– Je ne veux pas l'importuner avec ça.

– Le roi est en mesure de faire venir Kalos en Crète. Et pour toi, il est prêt à tout.
– Je ne peux pas le lui demander, cela m'est absolument impossible.

Dédale fit comprendre d'un geste brutal qu'il n'avait pas envie de poursuivre cette discussion.

Alors Icare laissa tomber :
– Et si Kalos est choisi par le sort ?
– Qu'est-ce que tu me racontes là ?
– N'est-ce pas ce qui menace chaque Athénien de son âge ?

Cette fois, Dédale fut catégorique :
– Je ne veux pas continuer à parler de ça avec toi.

Son visage avait revêtu cette expression de dureté qui avait si souvent empêché Icare de l'interroger lorsque quelque chose le tourmentait. Ce dernier insista pourtant :
– Puis-je te poser une question qui me tracasse depuis longtemps ?
– Quoi donc ?
– Que penses-tu de tout cela, de ces quatorze jeunes Athéniens que le sort désigne chaque année ?
– Ce n'est pas mon affaire.
– Ça ne peut tout de même pas te laisser indifférent que des innocents...

– Je n'y peux rien changer, répliqua Dédale sans le laisser terminer sa phrase.

– Tu es le seul à pouvoir le faire.

Dédale le regarda, étonné :

– Moi ?

– Tu as emprisonné le monstre, ce qu'aucun autre n'avait réussi à faire : tu peux donc aussi l'anéantir.

– Non.

– Qui alors ?

– Personne, répondit Dédale sur un ton glacial. Et c'est bien ainsi. Il faut qu'il existe, ce taureau de Minos ; car pour être plus puissant que les autres, il faut avoir quelque chose qui inspire à tous de la crainte.

Icare le dévisagea avec horreur.

– Tu ne sauverais aucune de ses victimes ?

Dédale se contenta de secouer la tête négativement.

– Et tu ne sauverais pas non plus Kalos ?

Pendant un instant, Dédale fut pris d'effroi. Puis il répondit brutalement :

– Arrête ces questions !

– Il faut que je te les pose, riposta Icare décidé à accomplir sa mission. Je l'ai promis à Ariane. Elle a le droit d'exiger une réponse. C'est son frère qui a été tué à Athènes, et elle voudrait savoir combien de fois encore Androgeos devra mourir...

– Silence ! hurla Dédale. Sa voix était si dure que le jeune homme pâlit. Sans le quitter des yeux, son père ajouta : Je me disais bien que tout cela ne venait pas de toi. Le roi m'a informé de ce qui s'est passé dans la Grande Cour. Cet incident l'a mis hors de lui. Il sait à quel point Ariane aimait son frère. Sinon, il lui en voudrait de s'être comportée devant tout le monde d'une si pitoyable façon.

Icare ne pouvait plus supporter le regard de son père. Il fixa des yeux la table qu'il y avait entre eux.

Il entendit son père lui dire :

– Oublions tout cela.

Icare était incapable de répondre.

Dédale se leva alors en disant :

– Tu m'as gâché la journée.

Puis il s'en alla, laissant Icare seul.

10. Devant la caverne

Les jours suivants, on vit Icare errer comme une âme en peine, évitant tous ceux qu'il connaissait. Son père ne lui demanda pas d'explications mais fit surveiller ses allées et venues ; inquiet, il cherchait à savoir avec qui s'entretenait Icare. Ce dernier ne vit pas qu'on l'observait. Il s'occupait d'ailleurs si peu de ce qui se passait autour de lui qu'on aurait pu l'espionner sans prendre de précautions. Par peur de rencontrer Ariane, il évitait les abords du palais et du sanctuaire et s'en allait toujours plus loin.

Il finit par s'égarer dans une contrée montagneuse où se dressaient les formes rondes des bosquets de genêts et d'euphorbes. Tout à coup, il se trouva face à un grand chien velu qui avait un long museau et qui était trapu comme un loup. Icare prit peur et demeura immobile tandis que le chien le considérait calmement. Ses yeux avaient la teinte jaune et vert des fleurs d'euphorbe. C'est alors qu'apparurent deux chèvres, quelques moutons et, pour finir, un vieux berger.

L'homme le salua d'une voix sonore, visiblement heureux d'avoir de la visite. Icare était tellement surpris qu'il ne répondit que par un murmure indistinct.

Le berger s'approcha, encore plus curieux que les chèvres et le chien, et examina attentivement ce garçon qui se trouvait là comme s'il était tout droit sorti du sol caillouteux. Il lui dit d'un ton soucieux :

– Tu as l'air fatigué et affamé. Puis, ayant jeté un coup d'œil sur ses sandales : Et tu as fait une longue route. Viens !

De son bâton, il heurta légèrement le dos du chien, et celui-ci se mit à trottiner d'un pas tranquille et assuré, comme s'il savait exactement à quelle vitesse il devait aller et vers quel endroit. Il les conduisit à une cabane ronde, faite de pierres superposées ; elle avait la forme d'une coupole et n'était guère plus haute que le berger lui-même.

Plutôt qu'une entrée, il y avait sur le côté une ouverture par laquelle le berger se glissa à l'intérieur. Le chien resta dehors à monter la garde.

Icare s'introduisit lui aussi dans la cabane, le berger l'ayant par deux fois invité à le faire. Dès qu'on était dedans, on apercevait près de l'entrée un banc recouvert de peaux de bête et assez grand pour qu'un homme pût y dormir. Il n'y avait pas de fenêtre. Il fallut à Icare un certain temps pour s'habituer à la pénombre qui régnait sous la coupole de pierre. Peu à peu, il distingua différentes choses : des récipients en bois, un chaudron en cuivre... Quand le berger remarqua que le regard du jeune homme allait d'un objet à l'autre, il s'empressa de lui expliquer à quoi ils servaient.

Mais tout d'abord, il fit asseoir Icare sur le banc devant lequel il était resté debout, le dos courbé.

– Là-dedans, fit-il en soulevant un pot, je trais les bêtes, et dans celui-là (il désignait à présent un chaudron de cuivre) je fais bouillir le lait.

Le vieil homme montra à Icare le bâton de cyprès avec lequel il remuait le lait et lui fit goûter le jus de figue qu'il versait dedans pour le faire cailler. Il l'invita à toucher le clayon en branches d'osier qui était utilisé pour la préparation du fromage, et lui expliqua patiemment chaque détail de cette opération comme s'il était pour lui vital d'être bien compris.

Icare ne posa pas de questions. Son hôte finit par l'obliger à accepter un grand morceau de fromage, une tranche de pain et quelques figues, et Icare mangea. Le maître de maison lui tendit à plusieurs reprises une cruche d'une eau si fraîche qu'elle semblait avoir été puisée à une source l'instant d'avant.

– Maintenant, dors ! dit le berger. Demain, quand tu te seras reposé, tu me raconteras. Je n'ai encore jamais vu quelqu'un d'aussi fatigué que toi.

Il attendit que Icare s'allonge sur le banc. Il le couvrit ensuite de peaux de mouton et sortit de la cabane, après avoir tendu un tissu devant l'entrée. Alors Icare sombra dans un sommeil profond, enveloppé d'une chaude obscurité.

Quand il se réveilla ses yeux furent frappés par une lueur éblouissante. Icare tourna la tête sur le côté et découvrit une ouverture assez grande pour qu'un géant pût la franchir sans avoir à se baisser. Cette entrée imposante s'ouvrait sur le flanc d'une montagne baignée de soleil ; un soleil qui était haut dans le ciel et dardait tous ses rayons : midi !

Il faisait chaud, mais de la trouée parvenait un âpre souffle qui fit frissonner Icare. Et quand il se leva, il vit dans la caverne de la neige durcie qui formait de petits blocs. Regardant vers le bas de la montagne, il vit des forêts, une plaine verte, bien ronde et entourée de collines, et au loin, scintillante, une large bande qui allait d'un horizon à l'autre : la mer.

Alors seulement Icare s'aperçut qu'il était couvert d'un manteau et que ce manteau était bien trop grand pour lui. Plus de peaux de mouton, plus de cabane en pierre, plus de berger. Il n'y avait là qu'une chèvre. Icare la découvrit en contemplant le sommet de la montagne. Tout en haut, en bordure d'un escarpement, elle se tenait dressée contre un chêne vert dont elle arrivait tout juste à mordiller les branches inférieures. Icare enleva le manteau de ses épaules ; il savait maintenant qui l'avait transporté de la cabane du berger à cet endroit d'où le regard embrassait la moitié de la Crète.

S'approchant du bord de la caverne, il lança un appel dans cette énorme oreille que la montagne ouvrait devant lui :
– Talos ! Sors donc de là !

Mais rien ne lui répondit, pas même un écho car la caverne n'était pas assez profonde.
– Talos ! répéta Icare.

Cette fois, le Gardien répondit :
– Je suis en haut !

Icare recula de quelques pas pour scruter le sommet de la montagne en mettant une main en visière et il aperçut Talos à l'endroit même où, un moment auparavant, la chèvre s'était délectée des branches du chêne. Talos là-haut, se penchait en avant de tout son corps, sans se tenir. Dans une telle posture, n'importe qui d'autre serait tombé. Lui semblait parfaitement à l'aise, et son visage rayonnait autant que le soleil.
– J'arrive ! cria-t-il en faisant des bonds qui laissaient dans l'air une trace brillante et fugitive.

En un rien de temps, il se retrouva, riant, près d'Icare et l'assaillit d'une grêle de questions :
– Tu as bien dormi ?
– Oui.

– Tu n'as pas eu froid ?
– Non.
– Ça te plaît ici ?
– Dis-moi, lui dit Icare sur un ton de reproche, combien de fois encore vas-tu traîner les gens qui dorment d'un endroit à un autre ?

Le visage de Talos resta impassible.

– Autant de fois que cela me paraîtra nécessaire.
– Et cela t'a paru nécessaire ? interrogea Icare en épiant les traits du Gardien.

Talos hocha gravement la tête de haut en bas.

– N'étais-je pas en lieu sûr chez le berger ?
– Oh ! si, reconnut franchement Talos. C'est un de mes plus vieux amis. Il s'appelle Inos. D'ailleurs, je lui ai expliqué pourquoi je voulais t'emmener ici.
– Me l'expliqueras-tu à moi aussi ?
– Bien sûr que oui ! Je voulais jouer un tour à ton père.
– A mon père ?
– Il m'a vexé.
– Tu n'avais pourtant pas l'air vexé l'autre jour près de la fontaine ailée.
– Qu'il ait eu l'idée d'une telle fontaine, répondit Talos, je l'en félicite. Mais qu'il fasse plus confiance à ses mouchards qu'à

moi, est-ce que je peux accepter ça sans broncher ? Ariane, le roi et surtout ton père, je les entends tous me dire que je dois faire attention à toi ; et lui, que fait-il ? Il te fait suivre pas à pas par des protecteurs qui s'endorment quand il s'agirait d'avoir l'œil... dormir dans un moment pareil ! Il fallait que je lui donne une leçon, comprends-tu ? J'ai chargé Inos de réveiller le dormeur et de lui dire que l'on t'a enlevé.

Talos éclata de rire.

– Maintenant, il en a sans doute été informé, et ce sera bientôt au tour de ton père d'apprendre que le berger ne sait plus où tu te trouves.

– Que va-t-il faire ? demanda Icare, plus inquiet qu'amusé.

– Rien, assura Talos. Il se doutera que tu es avec moi. Seulement il n'a pas idée de l'endroit où nous nous cachons.

Il posa son manteau sur deux blocs de rocher proches l'un de l'autre. Ils s'assirent dessus.

– Il va se mettre en colère, fit observer Icare.

Talos secoua la tête.

– Non, il est trop intelligent pour ça.

– Je l'ai mis de mauvaise humeur en lui posant des questions.

– Ce n'était peut-être pas le bon moment, suggéra Talos. Une autre fois, il te répondra calmement.

– Non, dit Icare, pour ces choses-là, il sera toujours sourd.

– Pour quelles choses ?

Icare commença à parler d'Androgeos. Il répétait textuellement ce que lui avait raconté Ariane. Une fois, il se trompa et dit Kalos au lieu d'Androgeos ; le Gardien, stupéfait, leva la tête et le regarda comme s'il cherchait à savoir quelque chose. Puis Icare parla de Kalos, du centaure et de la touffe d'herbe qui s'était enflammée, de la marque du trident dans la muraille et de l'étoile qu'ils avaient découverte.

– Pour moi, Kalos est un frère, comme Androgeos l'est pour Ariane. Mon père l'a laissé à Athènes parce qu'il devait fuir... mais pourquoi ne le fait-il pas venir ici ? Pourquoi ne demande-t-il pas l'aide du roi ? Le roi est assez puissant pour exiger des Athéniens qu'ils envoient Kalos en Crète.

Talos approuva d'un mouvement de tête.

– Minos le ferait si mon père le lui demandait !

– Il ne lui refuse rien.

Icare regarda Talos, et on pouvait sentir son angoisse quand il lui demanda :

– Quand doit arriver le prochain navire aux voiles noires qui apporte les quatorze victimes du tirage au sort ?
– Bientôt, répondit Talos.
– Tant que Kalos se trouve à Athènes, il peut lui aussi être désigné par le sort.
– Ton père ne l'abandonnera pas, dit Talos d'un air convaincu.
– Je l'ai interrogé à ce sujet, répondit Icare, désespéré ; il ne viendrait au secours de personne. Ça lui est égal que des innocents meurent. Il prétend même que c'est nécessaire.
– Il n'est pas seul de cet avis. A Athènes, l'usage veut que, le premier jour du printemps, les prêtres désignent deux hommes qu'ils jugent particulièrement hideux. Ensuite, on pare ces hommes de couronnes en branches de figuier, on les conduit en cortège devant la ville, et là ils sont lapidés. « Afin que le peuple soit libre de toute faute », disent les prêtres, et beaucoup de gens du peuple prennent des pierres et les lancent sur ceux dont la laideur est soi-disant un signe voulu par les dieux.
– Pourquoi font-ils cela ? demanda Icare sur un ton douloureux.
– Parce que, eux, ils se sentent coupables.
– Pourquoi le roi de Crète accepte-t-il qu'on

jette des innocents en pâture au Minotaure ?
– Parce qu'il se sent coupable.
– Et pourquoi mon père, qui a créé le Labyrinthe pour ce taureau de Minos, dit-il qu'il ne le tuerait pas même s'il en avait le pouvoir ? Pourquoi parle-t-il ainsi ?

A cette question, Talos ne donna pas de réponse. Mais ses yeux étaient pleins de tristesse.
– J'espère ne pas devenir comme lui, dit Icare. Jamais.

Cette fois encore, Talos garda le silence. Au bout d'un moment, son visage s'illumina. Il montra du doigt le bas du rocher sur lequel il était assis.
– Regarde !

Il y avait là une minuscule fleurette en forme d'étoile, luisante comme un flocon de neige fraîchement tombé.

Talos poursuivit, plein de fougue :
– Ça lui aurait fait plaisir. Je veux parler de celui qui restait caché ici pour échapper à son père. Car c'était à cet endroit, tu ne le savais pas ?
– Comment le saurais-je ?
– Tu n'es pas encore un véritable Crétois. C'était ici, répéta-t-il. C'est ici que la mère des dieux amena le petit Zeus après l'avoir

mis au monde dans la plus secrète de toutes les cavernes, et après avoir donné à manger une pierre à cet horrible père qui dévorait ses enfants. C'est ici que la Grande et la Petite Ourse, qui aujourd'hui sont des étoiles parcourant le ciel, réchauffèrent l'enfant, et c'est ici que la chèvre Amalthée le nourrit de son lait, tandis que les abeilles lui apportaient leur miel. Et quand l'enfant criait, les Courètes, ces valeureux gaillards, faisaient du bruit avec leurs marteaux de forgeron et leurs autres outils. Le père ne pouvait rien entendre ! Il ne se doutait pas le moins du monde que, là, un enfant grandissait, un fils tout à fait différent de lui !

Talos tapota l'épaule d'Icare en lui faisant un clin d'œil :
– Crois-moi, le petit Zeus a vu cette fleur, et ça lui a fait plaisir. D'ailleurs, les fleurs existaient avant les dieux. Mais l'enfant Zeus devint un dieu qui n'acceptait pas que des hommes fussent tués par des hommes et qui n'accorda aucune valeur à leurs justifications, contrairement à ce qu'avaient fait d'autres dieux avant lui. La tradition dit que le Zeus crétois ne tolérait aucun sacrifice humain et qu'il se rendit même en Grèce pour mettre un terme à ce crime effroyable.

Mais ils ne l'écoutent plus. Abattu, le Gardien ajouta : Ils ne veulent plus entendre ses paroles et s'érigent eux-mêmes en norme. Le premier Minos se donnait encore la peine de tenir conseil avec Zeus, son père. Mais le Minos d'aujourd'hui obéit au constructeur du Labyrinthe, à cet homme qui a transformé tant de choses ; et la caverne de Dédale où habite le monstre est plus importante pour le roi que la caverne dans laquelle Zeus vint au monde et grandit, protégé par le vacarme que faisaient les Courètes, mes frères d'autrefois.

Puis, comme s'il les avait devant lui, Talos s'exclama gaiement :

– Personne, entendez-vous, n'a jamais fait de musique plus belle que la vôtre... que cette musique que vous jouiez avec les outils grossiers du forgeron ! Cet enfant, vous l'avez sauvé de la rage du dévoreur d'enfants, oui ou non ?

Il tendit l'oreille comme s'il s'attendait à ce que les Courètes lui répondent ; et comme il ne se passait rien de tel, il s'écria :

– Dis-moi, ô montagne des dieux, ces génies malicieux à la peau tannée par les flammes de la forge, n'ont-ils pas superbement berné le Très-Ancien ? Lui qui se prenait si terriblement au sérieux, ne lui ont-ils pas joué le plus beau de tous les tours ?

Alors, au lieu de rester sourde à l'appel de Talos, la montagne fit vibrer le silence, et l'on eut l'impression d'entendre une réponse plus puissante que n'importe quelle approbation proférée à voix haute.

Subjugué d'admiration, Icare se tourna vers Talos.

– Tu es plus fort que mon père, dit-il. Pourquoi ne te charges-tu pas de cette tâche ? Toi qui n'acceptes pas que des hommes soient livrés au monstre, pourquoi ne supprimes-tu pas le Minotaure ?

– Le Labyrinthe ne me laisserait pas pénétrer en lui.

– Et pourquoi cela ?

– Parce que je n'ai rien à y faire, dit Talos, et il garda le silence quand Icare voulut l'interroger plus avant.

Ce n'est que lorsque celui-ci cessa de le harceler, qu'il déclara :

– Un jour, peut-être, viendra quelqu'un qui s'attaquera au monstre, quelqu'un qui fera trembler Minos. (Il prononça ces mots comme s'il révélait un secret.) Il faut qu'un jour vienne celui qui tuera le Minotaure, car le dieu qui passa ici son enfance ne doit pas devenir un objet de risée éternelle. D'un geste, il montra la caverne : Année après année, des gens du peuple viennent ici en pèlerinage et déposent des offrandes dans la caverne dès que le soleil en a fait disparaître la neige. (Puis, se tournant vers Icare :) Mais maintenant, il est temps que je te ramène ; sinon, ton père sera en droit de nous gronder.

Ayant revêtu son manteau, Talos prit Icare dans ses bras. Avec cette impétuosité dont il avait fait preuve pour descendre du sommet de la montagne jusqu'à la demeure des Courètes, il s'élança à travers l'île en direction de la côte. Les cimes des cèdres, des chênes, des cyprès et des sapins formaient pour lui un tapis élastique sur lequel il prenait appui à chacun de ses sauts. A nouveau, on put voir derrière lui une traînée brillante qui restait suspendue dans l'air quelques instants.

Dédale accueillit Icare sans un mot de reproche ; ainsi que Talos l'avait prévu, il ne fit aucune remarque. Il ne demanda même pas à Icare où Talos l'avait emmené.

A partir de ce jour, il n'y eut plus d'ombre derrière Icare. Il se sentit libéré. Chaque fois qu'il en eut l'occasion, il alla trouver Talos.

Souvent aussi, il rencontrait Ariane et lui parlait de la discussion qu'il avait eue devant la demeure des Courètes. A elle, il ne cachait rien. Il lui confia donc que Talos attendait lui aussi la venue de celui qui anéantirait le monstre du Labyrinthe. Ariane lui ayant demandé qui pourrait bien accomplir cet exploit si Talos lui-même ne s'en sentait pas capable, Icare lui répondit en employant les termes mêmes qu'avait utilisés le Gardien : « Quelqu'un qui fera trembler Minos. »

11. Thésée

Dédale ne demanda pas non plus à Talos de lui rendre des comptes ; après tout, dans cette affaire d'*enlèvement*, la faute avait été commise par un guetteur qu'il avait lui-même engagé, et non par Talos. Mais il attendit l'occasion qui lui permettrait de prendre Talos en défaut, et les circonstances semblèrent bientôt lui être favorables.

De temps à autre, le roi rendait visite à Dédale dans son atelier, notamment quand celui-ci lui faisait savoir qu'il venait d'achever quelque chose qui valait le coup d'œil.

Or, il y avait justement quelque chose à voir. Dédale en informa le roi, et Minos vint.

Icare était avec son père quand le roi pénétra dans l'atelier ; sa garde resta devant la porte. Il salua le « maître et son aide » :

c'était la formule qu'il utilisait en de pareilles occasions.

Sur l'établi était fixé un bout de poutre, un bloc de bois de forme cubique. On y avait planté une pointe métallique dont la partie supérieure était pourvue d'une poignée.

– Pourquoi ce clou a-t-il une poignée et non pas une tête aplatie ? voulut savoir le roi.

– Ce n'est pas un clou, expliqua Dédale. C'est un couteau qui coupe dans tous les sens.

Il invita Minos à le manipuler lui-même. Le roi saisit la poignée et, en tournant, détacha du bois une série de copeaux. Sur le côté opposé du morceau de poutre apparut un bout de métal pointu, puis une spirale qui avait été aiguisée de manière à devenir tranchante et qui, en émergeant du bois, devenait de plus en plus grosse.

– Il ne faut pas nécessairement un marteau et un burin pour percer une poutre ou une planche, commenta Dédale. Avec ce nouvel outil, on y parvient sans bruit et avec peu d'efforts.

Minos fut transporté d'admiration par cette chose merveilleuse mi-clou, mi-couteau. Il couvrit l'inventeur de compliments. Dédale s'en défendit en disant qu'il ne s'agissait que d'une idée qu'il avait eue par hasard. En revanche, ajouta-t-il, il avait fallu beaucoup plus de peine et de réflexion pour mettre en place un réseau d'informations qui éviterait à la Crète d'être attaquée par surprise. Mais maintenant, conclut-il, ce réseau était suffisamment dense.

– Tout navire étranger, déclara Dédale, qui met le cap sur la Crète devra désormais s'attendre à être repéré même s'il est encore à quelques jours de voyage de nos côtes.
– Repéré ? fit Minos d'un ton dubitatif.
– Oui, par les avant-postes qui, sur toutes les côtes, dans tous les ports, ouvrent pour nous les yeux et les oreilles.
– Tu ne veux tout de même pas rendre Talos superflu ? demanda le roi qui ne parvenait pas à cacher complètement son envie de se moquer de Dédale. Jusqu'à maintenant, c'est toujours lui qui a été le premier à nous signaler les bateaux qui se dirigeaient sur la Crète.

Dédale réprima un sourire.
– Alors, ce n'est pas la peine que je t'annonce que demain vers midi, si le vent ne change pas, le bateau aux voiles noires entrera dans le port de Cnossos.

Minos lui lança un regard inquiet, et Icare

aussi. Visiblement troublé, le garçon fit remarquer :
– Sûrement que Talos n'a pas encore eu la possibilité de l'annoncer au roi.
– Ce n'est pas l'occasion qui lui a manqué, répliqua ce dernier, je l'ai rencontré en venant ici. Qu'on aille le chercher !
– Oui, demain vers midi, confirma Talos quand il pénétra dans l'atelier.
– Comment l'as-tu appris ? voulut savoir Minos. Par Icare ?
– J'ai vu les signaux qui étaient retransmis de bateau en bateau, mais je n'ai pas voulu intervenir, répondit Talos en jetant un coup d'œil à Dédale. Je n'ai à m'occuper que des bateaux qui peuvent être dangereux, et le bateau qui transporte les quatorze d'Athènes...

Dédale lui coupa la parole.
– Cette fois-ci, ils sont treize.

Minos dressa l'oreille.
– Pourquoi seulement treize ?
– Ou plus exactement : treize plus un.
– Qui est le quatorzième ?
– Le fils du roi d'Athènes.

Pendant un instant, Minos resta bouche bée. Puis il s'écria :
– Depuis quand cet Égée a-t-il un fils ?

– Depuis dix-huit ans, répondit calmement Dédale, mais lui-même ne le savait pas... jusqu'au jour où ce fils a fait son apparition à Athènes, il n'y a pas si longtemps.
– Mais comment se fait-il que tout à coup il ait un fils ? interrogea Minos de plus en plus troublé. Et d'où sort-il ?
– C'est une curieuse histoire, dit Dédale. Il y a dix-neuf ans, Égée, à qui sa femme n'avait pas donné d'enfant, se rendit à Delphes pour demander conseil à Apollon. Apollon l'envoya à Trézène ; là, Aethra, la fille du roi, lui donnerait un fils. C'est bien ce qui se passa. Aethra eut un fils, l'appela Thésée et confia son éducation à un centaure. Quand Thésée eut grandi, sa mère le mena devant un bloc de rocher sous lequel Égée avait laissé son épée. Thésée renversa la lourde pierre et, muni de l'épée, se mit en chemin vers Athènes. En route, il combattit des brigands, vint notamment à bout de ces deux redoutables bandits qu'étaient le brandisseur de massue et le courbeur de pins, et triompha du tortionnaire nommé Procuste. Après quoi, la truie de Crommyon, un monstre qui dévastait la contrée...

– Ça suffit ! cria Minos pour interrompre le conteur. Je sais maintenant à qui j'ai affaire.

Mais pourquoi vient-il en Crète où l'attend une mort certaine ?

– Il semblerait que les monstres l'attirent, fit observer Dédale.

Talos et Icare s'aperçurent que Minos devenait blême.

– Tu nous as appris énormément de choses, dit-il à Dédale d'une voix qui laissait percevoir son anxiété.

– On peut se fier à nos guetteurs, s'empressa de préciser Dédale. Ils ont assisté à Athènes au tirage au sort.

– Et le sort a désigné Thésée ?

– Thésée est... allé au-devant de lui.

– Qu'est-ce que cela veut dire ? demanda Minos, irrité.

– On n'en a tiré que treize au sort, vu que Thésée avait déclaré qu'il se joindrait volontairement à eux.

– Et je dois croire une chose pareille ! dit le roi à Dédale en le rabrouant. Un individu promis au trône se serait embarqué sur le bateau aux voiles noires !

– Il est sur le bateau, affirma Dédale.

Alors Minos laissa éclater sa rage :

– Je ne veux voir arriver que ceux qui ont été désignés par le sort, pas ce... ! (Il était tellement furieux qu'il dut s'arrêter un

instant.) Le voir se présenter ici, mais c'est absurde !
– On peut considérer les choses d'une autre manière, fit prudemment remarquer Dédale. Je trouve même que...
– Que quoi ? s'écria Minos, hors de lui.
– Que le roi de Crète est à la veille d'un triomphe total : le fils du roi d'Athènes va mourir victime du Minotaure. N'est-ce pas le moyen d'effacer définitivement le crime commis par les Athéniens ?

Un silence tendu succéda à ces paroles. Talos et Icare échangèrent un regard, mais Minos, lui, ne quittait pas Dédale des yeux.
– Et comment diable dois-je le recevoir, le traiter, ce fils de roi qui se montre si importun ? demanda Minos de fort mauvaise humeur.
– Plus tu le placeras haut, et plus sa chute sera rude, répondit Dédale. Et ainsi, la réparation du mal qui t'a été fait sera éclatante.

Minos resta un long moment sans pouvoir se prononcer, puis il finit par approuver Dédale :
– Tu as raison. Comme toujours, c'est toi qui as raison.

*
**

Il faisait un temps resplendissant, lorsque le bateau aux voiles noires entra dans le port de Cnossos, exactement comme le jour où Dédale toucha le rivage de la Crète. Lorsqu'ils descendirent à terre, Thésée et ses compagnons virent beaucoup de gens qui les regardaient. Dans la foule rassemblée sur le port, il y avait aussi Talos et Icare. Icare s'était joint au Gardien, et cela avec l'autorisation de son père qui attendait de lui un compte rendu des événements. Dédale, quant à lui, se tenait à l'écart ; il avait même prié Minos de lui épargner la rencontre avec l'Athénien. Ariane manquait elle aussi parmi ceux qui accompagnaient le roi de Crète. Il n'y avait avec Minos que quelques dignitaires et les soldats de sa garde personnelle.

La place devint silencieuse. Minos arrivait ; il venait recevoir le tribut annuel d'Athènes : sept jeunes gens et sept jeunes filles qui prendraient part à la course de taureaux dans la Grande Cour, et qu'on pousserait finalement dans le Labyrinthe dès que le Minotaure réclamerait ses victimes.

Les années précédentes, Minos avait pu voir que les visages des arrivants étaient marqués par la peur. Mais cette fois, il ne rencontra que des regards indifférents. Et parmi les jeunes hommes, il y en avait un, plus grand que les autres, qui le dévisageait avec tant de sérénité que Minos sut tout de suite qui se tenait devant lui.

– C'est donc toi, Thésée.
– Ainsi, tu connais mon nom, constata Thésée. Tu as de bons informateurs.
– Soyez les bienvenus, dit Minos, vous que le navire aux voiles noires a conduits jusqu'ici.
– Pour le retour, répliqua Thésée, nous avons à bord des voiles blanches.

Minos accepta ce premier coup sans broncher, évitant ainsi de donner prise à d'autres attaques.

– Je suis étonné de te voir ici. Tu n'as pourtant pas été désigné par le sort.
– Cela aussi, tu le sais, remarqua Thésée. Alors écoute : je suis venu ici pour mettre fin...
– A quoi ? l'interrompit Minos.
– A ce qui nous sépare, répondit Thésée.

Le roi ne fut pas le seul à être surpris. Tous écoutèrent avec une attention de plus en plus grande ce que disait Thésée :

– Crois-moi, Minos, aucun de ceux qui sont venus ici ne jugent autrement que toi le crime dont ton fils a été victime. Nous comprenons ta colère et ta douleur. Mais ta vengeance ne frappe pas les assassins, et, chaque fois, une nouvelle injustice vient s'ajouter à l'ancienne. Accepte que nous soumettions ta cause à un tribunal capable de décider sans haine.

– A quel tribunal ? demanda Minos, courroucé.

Thésée répondit sans se départir de son calme :

– Quand Androgeos est tombé victime d'une main criminelle, je n'étais pas à Athènes. Pourtant, je suis prêt à me soumettre au jugement des dieux et à aller dans ce Labyrinthe dont aucun n'est jamais revenu. Mais s'il arrivait que les dieux soient de mon côté et non de celui de ce taureau qui porte ton nom, Minos, alors, accepte toi aussi cette sentence et laisse-nous repartir à Athènes !

Ces mots n'eurent pour écho que le silence, un silence qui semblait peser sur le roi de Crète comme une charge invisible.

Il se tourna vers ceux qui l'accompagnaient, parcourut leurs visages d'un coup d'œil, puis, faisant un large mouvement, dit d'une voix si forte que ses mots retentirent jusqu'au bout de la place :

– Que les dieux, donc, prononcent leur sentence !

Après quoi, il s'adressa à Thésée :

– S'il advient que tu puisses sortir du Labyrinthe, personne ne t'empêchera de hisser des voiles blanches. Tu as ma parole. Et pour donner plus de poids à ses paroles, il déclara en haussant le ton : Vous tous, pas seulement Thésée, vous pouvez aller et venir librement sur le sol de la Crète à condition de vous engager à ne pas vous enfuir.

– Fuir, aucun de nous n'y songe, promit Thésée.

Minos n'ajouta rien. Il invita Thésée à l'accompagner. Quand ils traversèrent la foule qui s'ouvrit pour leur laisser le passage, ce n'était pas sur le roi de Crète que se posaient les regards, mais sur le fils de roi venu d'Athènes.

– Il est arrivé, dit Talos à Icare. Va voir Ariane et dis-lui qu'il est arrivé, celui que nous attendions.

12. Le timonier

Dédale attendait. Icare ne vint pas.

La maison dans laquelle se trouvaient son atelier et son logement était voisine du palais royal. Dédale put voir Minos revenir du port en compagnie de Thésée. A côté de ce jeune homme de haute stature, Minos paraissait bien petit et accablé, comme s'il était celui des deux qui dépendait de l'autre.

On conduisit Thésée dans la maison réservée aux hôtes ; c'est là qu'il devait habiter, jusqu'au jour où le Minotaure ferait entendre sa voix.

Minos disparut dans son palais. Dédale était certain qu'à présent le roi voudrait s'entretenir avec lui ; mais personne ne vint le chercher. Il commença à s'agiter et à faire les cent pas ; pour la première fois, il se sentait dans son atelier comme enfermé dans une prison. C'était pour lui incompréhensible de ne pas se voir appelé auprès de Minos.

Quand Icare entra dans l'atelier, il lut tout de suite les reproches sur le visage de son père : Tu m'as fait attendre. Mais Dédale ne prononça pas la réprimande qu'il avait toute prête. Il demanda simplement :

– A-t-il bien joué son rôle ?

– Qui ? demanda Icare.

– Qui donc... Minos !

– Oh ! oui, répondit Icare surpris du ton brutal sur lequel lui parlait son père. Le roi ne s'est pas laissé aller à humilier les Athéniens. Il s'est comporté comme tu lui as conseillé de le faire.

– Qu'a dit Thésée ?

– Il a proposé au roi de s'en remettre à la décision des dieux.

– Qu'est-ce que cela signifie ? demanda Dédale alarmé.

– Thésée s'est déclaré prêt à aller seul dans le Labyrinthe, à la place des autres, et à être le seul à affronter le Minotaure.

– Et le roi ?

– Il a donné son accord.

– Et les autres ? Qu'adviendra-t-il d'eux ?

– On va les entraîner à sauter par-dessus les taureaux, mais ils ont tous le droit d'aller et venir librement.
– Incroyable que Minos concède tant de choses aux Athéniens !
– Ils étaient là comme un mur, dit Icare ; inattaquables. Et quand Thésée a fait savoir au roi qu'ils avaient l'intention de hisser des voiles blanches pour leur retour à Athènes, Minos ne savait plus quoi répondre.

Regardant par la fenêtre ouverte en direction de la maison du roi, Dédale dit :
– Je me doutais de ce qui va se passer. Il apprendra à trembler. Nous devons prendre nos dispositions. Le Minotaure est perdu.

Il recommença à marcher en tous sens puis, soudain, s'arrêta et dit :
– Mais Thésée aussi. Le Labyrinthe ne le laissera pas partir.

Alors Icare s'approcha de son père, si près que son souffle effleurait le visage de Dédale.
– Tu dois le faire sortir de là.
– Comment peux-tu proférer une chose pareille !
– Ariane aussi te le demande.

Dédale recula d'un pas.
– Vous êtes des conspirateurs !
– Père ! s'écria Icare, il n'y a que toi qui

connaisses le Labyrinthe. Tu es le seul à pouvoir en faire sortir Thésée, à pouvoir permettre aux quatorze de revoir Athènes ! Si tu aides Thésée et si tu le sauves, alors toi aussi tu peux revenir à Athènes.

– Qui te dit que j'en ai envie ?

– Mais tu pourrais alors aller chercher Kalos !

– Ah, c'est à ça que tu penses !

– J'y pense depuis que nous sommes ici, répondit Icare ; et comme son père ne desserrait plus les dents, il ajouta : Je voudrais te demander de m'accorder quelque chose.

Dédale le scruta avec méfiance.

– Envoie-moi à Athènes avec les quatorze !

– Tu ne te rends pas compte de ce que tu demandes !

– Simplement pour aller chercher Kalos.

Pendant un instant, Icare eut l'impression que Dédale allait accepter. Mais ensuite, les traits du visage de son père se durcirent, et Dédale répondit :

– Tu n'as rien dans la tête. Il faut d'abord que tu apprennes à examiner une situation pour savoir à quel moment une chose est possible. Ne vois-tu donc pas que...

Il ne termina pas sa phrase et se détourna

d'Icare comme s'il ne supportait pas de le voir plus longtemps.

– Il vaut mieux maintenant que tu t'en ailles !

Alors Icare s'en alla.

Il resta un moment devant l'atelier, indécis. Il avait envie de retourner voir Ariane, mais il rejeta vite cette idée. Elle avait écouté son compte rendu avec des yeux brillants. Il avait couru la trouver, porté par la certitude que Thésée mettrait fin à l'effroyable et reviendrait à Athènes en vainqueur soucieux de réconciliation. Mais après cet entretien, Icare retourna au port, sans savoir pourquoi. A chaque pas, la déception qu'il éprouvait à l'égard de son père se transformait un peu plus en une volonté de lui tenir tête. Pourquoi donc s'opposait-il à toute tentative visant à faire venir Kalos en Crète ? Cette question devenait pour Icare obsédante, et c'est en la ressassant qu'il marcha jusqu'à ce qu'il vît le port devant lui.

Les gens qui étaient venus en foule pour assister à l'arrivée des Athéniens s'étaient à présent dispersés. On avait amené les voiles, et les mâts se dressaient nus dans le ciel. Sur le pont du navire, amarré le long de la jetée à l'écart des bateaux crétois, on ne voyait personne. L'équipage avait quitté le bord ou dormait. Devant l'embarcation, des gardes crétois avaient été mis en faction avec mission d'interdire l'accès du navire à toute personne n'appartenant pas à l'équipage.

C'est ce que Icare apprit quand il se rapprocha des sentinelles. Elles ne le connaissaient pas, et d'ailleurs il ne fit rien pour se faire reconnaître.

Il demanda s'il y avait à bord quelqu'un de l'équipage.

– Qu'est-ce que cela peut te faire ? lui répondit un garde pour se débarrasser de lui.

– Tu ne peux pas demander à un des marins de sortir ?

L'une des sentinelles essaya d'intimider le garçon d'un regard. Comme elle n'y parvenait pas, elle dit à l'autre :

– Ça devrait pourtant se savoir que ce bateau est placé sous la protection particulière du roi.

L'autre garde fut encore plus explicite :

– Si tu ne t'en vas pas immédiatement d'ici, nous devrons t'arrêter.

Et comme cela ne servait pas à grand-chose, il demanda sur un ton menaçant :

– Qui es-tu ? Qui t'envoie ?

– Dédale.

Aussitôt, l'attitude des gardes se modifia. Ils se chuchotèrent quelque chose que Icare ne put comprendre.

– Si c'est comme ça, finit par dire l'un d'entre eux, je vais réveiller un de ceux qui sont à bord et je vais te l'amener. Mais tu ne veux pas plutôt parler avec le timonier ? Il est assis là-bas tout seul, ça fait déjà plusieurs heures.

Le garde montra le bout de la jetée. Icare aperçut l'homme en question.

– Il sera peut-être content d'avoir de la compagnie, dit l'autre garde ; il a pris avec lui une outre pleine de vin.

A présent, les deux sentinelles rivalisaient d'amabilité pour être agréables à ce jeune homme « envoyé par Dédale ».

– Celui-là t'apprendra sans doute tout ce que tu veux savoir, assura la seconde sentinelle. Il est d'humeur à causer. Quand il est passé devant nous, il parlait déjà tout seul. Et maintenant, il a absorbé tout le vin qu'il fallait.

– Il va déborder d'esprit, fit l'autre en ricanant.

Icare les remercia et parcourut la jetée jusqu'à cet homme qui, un peu à l'écart, était assis sur un large rocher comme sur le dos d'un animal pétrifié. Il s'arrêta à quelques pas de lui et lui lança le salut des Crétois, qui était d'ailleurs aussi celui des Grecs :

– Réjouis-toi avec moi !

Le timonier se retourna vers lui.

– Je n'ai aucune raison de me réjouir, dit-il d'un ton maussade en regardant Icare fixement.

Soudain, comme s'il venait seulement de s'apercevoir de l'accent avec lequel le jeune homme lui avait parlé, il lui dit :

– Tu n'es pas d'ici.

– Je suis d'Athènes, comme toi.

– Et que fais-tu en Crète ?

– J'y suis par la force des choses.

– Viens un peu t'asseoir près de moi ! Et il lui tendit l'outre de vin : Bois !

– Je n'ai pas envie de boire, répondit Icare en s'asseyant.

– Un petit coup !

– Bon, un coup !

Il fit couler dans sa bouche un filet de vin. Le timonier en fit autant et s'exclama :

– Ah ! cette maudite île ! Et ce fichu roitelet qui nourrit son monstre avec des êtres humains !

– Cette fois-ci, le Minotaure n'aura rien à manger, fit observer Icare ; Thésée le tuera.

– J'aimerais bien pouvoir le croire, mur-

mura l'autre en buvant un coup de plus. Les treize, eux, le croient... comme toi. Les pierres aussi.
– Quelles pierres ?
– Elles, là, répondit le timonier en montrant les rochers qui devant lui émergeaient de l'eau. J'ai parlé avec elles avant que tu n'arrives. Je leur ai demandé si Thésée allait venir à bout du monstre. Toutes m'ont dit que oui.
– Tu vois bien.
– Attends ! rétorqua le timonier qui suivait le fil de ses pensées. Elles ont toutes ajouté un mais.
– Mais quoi ?
– Mais le Labyrinthe ! m'a dit chaque pierre. Personne ne peut en sortir, Thésée pas plus que les autres... et donc, tout cela ne sert à rien. C'est une abomination ! s'écria-t-il ; et même une double abomination ! (Il saisit Icare aux poignets et le serra au point de lui faire mal.) Parce que, en plus, c'est un Athénien qui a construit ce Labyrinthe, tu le sais ? Je préfère ne pas prononcer son nom.
– Pourquoi cela ? demanda Icare de plus en plus ému.
– Tu n'es au courant de rien, répondit le timonier en lui lâchant les poignets ; sinon, tu ne poserais pas cette question.

S'étant tu un instant, il reprit :

– Ou bien le roi de Crète est dupé par ce constructeur de labyrinthe, ou bien il mène un double jeu. Comment quelqu'un qui se venge aussi impitoyablement du meurtre de son fils peut-il s'acoquiner avec un assassin ? Tu peux me le dire ?

– De qui parles-tu ?

– De celui qui a construit le Labyrinthe.

– Mais à ma connaissance, c'est lui qui est menacé de mort par les Athéniens pour avoir, soi-disant, semé la discorde dans le peuple.

– Et c'est vrai.

– Et on lui reproche aussi d'avoir commis une faute à l'égard des dieux.

– Oui, ça aussi, approuva le timonier. Mais ce n'est pas pour ça qu'il a été condamné sur l'Aréopage.

Icare ne quittait plus des yeux les points noirs qu'il apercevait sur les rochers à travers l'eau claire.

– On ignore donc ici ce qui s'est passé à Athènes ? dit le timonier. Mais il faut que cela se sache. Alors écoute : à l'aube, deux gardes ont découvert le corps... à côté de la fontaine, en bas de l'escalier qui descend de la citadelle. Il l'a poussé du haut du mur... son propre neveu.

– Non ! hurla Icare en devenant si pâle que le timonier eut l'impression d'être face à un mort.
– Kalos, bredouillait Icare, Kalos, Kalos...

Alors le timonier commença à comprendre qui il avait devant lui.
– Pourquoi ne m'as-tu pas dit qui tu étais ? demanda-t-il, désemparé. Je ne t'aurais pas dit le moindre mot de cette affaire. Et lui, ne t'a-t-il rien dit ? Non, bien sûr ! Sinon, il ne t'aurait pas envoyé dès le soir sur le bateau. Il n'aurait pas fallu que ce soit quelqu'un d'autre qui te l'apprenne... bien que lui-même ne soit pas au courant de tout.
– Je veux tout savoir, dit Icare.
– Ils sont allés chercher la mère du jeune homme, poursuivit le timonier, et elle leur a dit que son frère avait fait des préparatifs pour un voyage. Elle croyait que Kalos était lui aussi déjà dans le bateau ; elle dormait au moment où ça s'est passé. Il a dû attirer Kalos sur la muraille sous un prétexte quelconque. Personne n'a rien entendu : il n'a même pas eu le temps de crier tellement il a dû être surpris.
– Et il n'est pas tombé tout seul ?
– Si quelqu'un tombe sous tes yeux, que fais-tu ? Tu essayes de lui venir en aide ou tu

t'enfuis... assez loin pour que personne ne puisse te rattraper. Dédale s'est enfui.

– Pour quel mobile a-t-il agi ainsi ? questionna Icare.

– Ça, tu dois bien le savoir, répondit le timonier. Il a eu peur que Kalos vole plus haut que lui. On savait que Dédale redoutait cela : il s'est plus d'une fois trahi. C'est d'ailleurs ce que Menon a dit dans sa déposition lors du procès.

– Et les juges n'avaient pas de parti pris contre lui ?

– Leur tâche n'était pas facile, avoua le timonier. L'animosité était grande dans le peuple. Mais les juges ont tout examiné en détail, mettant aussi dans la balance ce que ton père a fait pour la ville d'Athènes. Au bout du compte, tout le monde a dû se convaincre que ton père était devenu un assassin... qu'il avait tué le fils de sa propre sœur.

– Où est-elle maintenant ?

– Partout et nulle part, répondit le timonier ; à la recherche de Kalos. Les juges n'avaient pas demandé à Perdix de comparaître lors de l'audience. Mais elle a fait irruption sur l'Aréopage, et aucun de ceux qui l'ont vue arriver ne l'oubliera. Elle brandissait ses bras comme si c'étaient des ailes et elle poussait des cris d'oiseau tout en s'écriant : « Si je lui avais donné des ailes à sa naissance, il ne serait pas tombé du mur ! Oh ! si seulement je l'avais fait avec des ailes ! » C'est ainsi qu'elle se lamenta jusqu'à ce qu'on l'emmène. Sur la place, on entendit encore longtemps ses cris d'oiseau. Ensuite, les juges ont prononcé leur sentence.

Icare essaya de se mettre debout. Il eut besoin de l'aide du timonier.

– Pourquoi fallait-il que tu tombes sur moi ? lui demanda ce dernier. Je ne voulais pas te faire une chose pareille.

– Ce n'est pas ta faute, répondit Icare.

– Veux-tu que je t'accompagne ?

– Je connais mon chemin.

Icare revint le long de la jetée. Quand il traversa la place près du port, les gens le suivirent du regard. Il ne le remarqua pas. Il ne vit ni les gens, ni les maisons, ni les bateaux. Il s'égara de plus en plus dans un vide immense et sentit le sol se dérober sous ses pas. Le chemin sur lequel il se trouvait se resserra brusquement et soudain disparut. Icare chercha en vain à s'agripper à quelque chose. Puis ce fut la chute dans un gouffre sans fond.

Des paysans le retrouvèrent dans la vallée

du Kairetos, à mi-chemin entre le sanctuaire et le port. Il gisait inanimé, le visage contre terre.

Il avait une blessure au front.

Les paysans venaient juste de recueillir Icare quand Talos arriva en toute hâte. Il avait l'air bouleversé ; ils n'avaient jamais vu Talos dans un tel état de désarroi. Celui-ci prit Icare dans ses bras, le transporta chez son père et demanda à Dédale la permission de rester près de son jeune ami : « Pour réparer une négligence. »

Icare ne reprit connaissance qu'au bout de trois jours.

DEUXIÈME PARTIE

1. La rencontre

Icare était donc au courant de ce qui s'était passé à Athènes, lorsqu'eut lieu, à l'entrée du Labyrinthe, cette rencontre au cours de laquelle il se déclara prêt à partager le même sort que les treize jeunes Athéniens ; et Iménès avait eu raison de rétorquer à Andros : « C'est parce qu'il sait quelque chose. »

Depuis que Icare avait appris du timonier que son père avait été condamné sur l'Aréopage, il avait décidé de se soumettre à l'épreuve du taureau.

Andros trouvait révoltant que ses compagnons aient mis Icare en quarantaine pour un crime qu'il n'avait pas commis ; et, durant les heures où les sauteurs pouvaient se déplacer librement, il s'éfforçait de le rencontrer. Il réussissait toujours à le trouver quelque part ; pourtant, à cette époque-là, Icare errait désemparé, sans jamais savoir où le conduiraient ses pas.

La plupart du temps, ils marchaient en silence l'un à côté de l'autre.

Un jour cependant, Andros mit fin au tabou en demandant :

– Alors tu es au courant ? Et c'est pour ça que tu es venu dans l'arène ?

– Oui, c'est pour ça, Andros.

C'était la première fois qu'il s'adressait à Andros en l'appelant par son nom. A son tour, il demanda :

– Comment est ton père à toi ?

– Je m'entends bien avec lui.

– Bon. Et si tu apprenais qu'il a tué son propre neveu, qu'il a fui pour ne pas comparaître devant le tribunal, qu'il te ment et qu'il continue à vivre comme s'il ne s'était rien passé, si tu le voyais se laisser couvrir d'honneurs et jouer son jeu malhonnête même avec le roi auprès duquel il se cache, que ferais-tu, Andros ?

– Je ne sais pas, avoua Andros ému par la passion qu'il sentait dans chacun de ces mots.

– Les juges de l'Aréopage ne l'ont-ils pas condamné à mort ?
– C'est lui qu'ils ont jugé coupable, pas toi, objecta Andros.
– Mais moi je veux subir la sentence qu'ils ont prononcée contre lui, répondit Icare. Je ne vois pas d'autre moyen de rejoindre Kalos.
– Tu dois vivre pour lui !
– Comment le pourrais-je... ? il était si différent de moi ! répliqua Icare. Puis, regardant Andros d'un air préoccupé : Est-ce que les autres t'ont fait des ennuis à cause de moi ? Pour autant que je sache, ils ne voulaient absolument pas avoir affaire à moi.
– Tout ça, c'est terminé, affirma Andros.
– Depuis quand ?

Andros hésita à répondre, mais il finit par raconter l'incident qui avait tout changé.

Iménès avait souvent fait des reproches à Andros ; il lui avait même adressé un avertissement, alors que, de leur côté, Aglaïa et trois autres des filles avaient renoncé à se montrer intransigeantes à l'égard d'Icare. Quand Iménès vit que Andros ne tenait pas compte de ses observations, il alla dire à Thésée que, malgré toutes ses remontrances, Andros s'était lié d'amitié avec le fils de « cet assassin de Dédale ». Ayant fait venir Andros, Thésée demanda à Iménès de répéter ses accusations. Après cela, ce dernier se trouva bien embarrassé, car Thésée lui posa mot pour mot les questions par lesquelles Andros avait défendu Icare. Thésée dit aux jeunes d'Athènes qu'ils n'étaient pas en droit de se plaindre de leur sort, s'ils se comportaient de la même façon que Minos et faisaient payer à un innocent un crime dont ce dernier souffrait déjà plus que celui qui l'avait commis.

– Depuis, ils me laissent tranquille, conclut Andros.

– Pourquoi voulais-tu me le cacher ?

– Je ne sais pas, avoua Andros.

– Vous autres, vous avez de la chance, dit Icare. Vous avez Thésée de votre côté.

– Il a pris ta défense, lui rappela Andros.

C'est alors que Icare renouvela sa proposition :

– Ils n'ont plus rien contre moi maintenant.

– Ils ne t'accepteraient pas parmi eux, répondit Andros, et ils auraient raison.

– Pourquoi ?

– Parce que c'est nous que le sort a désignés. C'est à nous d'affronter le taureau, pas à toi.

– Et moi, que puis-je faire ?

– Tu devrais essayer de tirer les choses au

clair avec ton père. Demande-lui pourquoi il t'a menti ! Il faut que tu prennes le taureau par les cornes, finit par dire Andros ; et ce n'est qu'après avoir prononcé ces mots qu'il s'aperçut qu'il avait employé une expression valable pour eux deux.

Après cette conversation, Andros ne rejoignit pas immédiatement l'arène. Il gravit une hauteur sur laquelle il montait souvent parce que, de là, on pouvait voir la mer. Mais là-haut, il y avait quelqu'un dont le visage resplendissait comme si le soleil avait concentré sur lui tous ses rayons, un géant qui était habillé à la manière d'un pâtre.

Il regarda s'approcher Andros, dont la venue ne sembla pas le surprendre.

– Réjouis-toi avec moi ! lui dit-il pour le saluer.

Andros lui retourna son salut, un peu embarrassé. Il considérait l'étranger fixement, comme si c'était une apparition.

– Je suis un ami d'Icare, dit le géant aux reflets cuivrés. Je suis Talos.

Il se mit à scruter le visage d'Andros.

– Tu as pu lui faire abandonner l'idée de te remplacer ?

– Oui.

– Et Icare parlera avec son père ?

– Oui, répéta Andros.
– C'est tout ce que je voulais savoir de toi, dit Talos.

Son visage s'illumina encore plus.

Il prit son sac en peau de bête, en sortit des figues et les offrit à Talos. Après quoi, il lui dit au revoir.
– A dans peu de temps !

Puis il dévala la colline à pas de géant.

2. Le passage secret

Lorsque Icare entra dans l'atelier après sa conversation avec Andros, Dédale vit tout de suite que son visage était transformé ; on y lisait à présent une détermination dont Dédale n'aurait pas cru son fils capable.

Sans même saluer son père, Icare annonça :

– Je sais que Kalos est mort.

– Assieds-toi ! lui dit Dédale.

Icare resta debout.

– C'est cet... Andros qui te l'a dit ?

– Je lui ai demandé aujourd'hui si c'était vrai, répondit aigrement Icare.

– Oui, c'est vrai, reconnut Dédale.

– Pourquoi me l'as-tu caché ? Pourquoi m'as-tu menti ?

Dédale regarda Icare droit dans les yeux.

– Tu sais donc aussi qu'ils m'ont fait un procès ?
– Oui, je sais qu'il ne s'est élevé aucune voix pour te défendre lorsqu'on t'a condamné pour l'assassinat du fils de ta sœur.

Pendant quelques instants, ils restèrent muets l'un en face de l'autre.
– Tous croient que tu es coupable.
Dédale déclara alors sur un ton douloureux :
– Je voudrais que tu aies été présent.
– Tu aurais pu m'emmener, répliqua Icare ulcéré. Au lieu de cela, tu m'as conduit tout seul au bateau et il a fallu pour t'obéir que j'y passe la nuit... Pourquoi pas Kalos aussi ? Moi, je vais te le dire : tu ne voulais pas l'emmener en Crète.
– C'est vrai, avoua Dédale. Mais je voulais le voir une dernière fois pour le lui dire.
– Pourquoi voulais-tu le laisser à Athènes ?
– A cause de toi. Je voulais te donner la possibilité de rattraper l'avance que Kalos avait sur toi.
Icare était stupéfait ; cela se voyait au regard qu'il jeta à son père.

– Il était bien plus habile que toi, ça tu le sais, expliqua Dédale. Mais l'important pour moi, c'est que ce soit toi qui poursuives mon œuvre, pas lui.

– Quelle erreur épouvantable ! répondit Icare. Le seul qui pouvait le faire, tu l'as éliminé.

– Il est pénible pour moi de t'entendre dire une chose pareille, riposta Dédale. Son visage frémissait quand il déclara : Aussi vrai que je suis ton père, je n'ai pas poussé Kalos du haut du mur.

– Qui alors ?

– Il est tombé tout seul, dit Dédale. C'était une nuit sombre, tu t'en souviens. J'étais remonté à l'Acropole pour expliquer à Kalos pourquoi je voulais partir en Crète sans lui. Mais la chose s'est produite avant même que j'aie eu le temps de lui parler de ce départ. Kalos m'avait conduit sur la muraille afin de me montrer les étoiles qu'il avait découvertes. Il n'avait d'yeux que pour elles. Moi aussi, je regardais en l'air, crois-moi ; c'est arrivé si vite que, lorsque j'ai entendu le choc, j'ai demandé : « Qu'est-ce que c'était, Kalos ? » Mais il n'était plus près de moi. Il était tombé sans pousser un cri, il n'avait même pas eu le temps de fermer les yeux. Je m'en suis aperçu lorsque je suis descendu jusqu'à lui par l'escalier de pierre : son regard fixait toujours les étoiles, mais il ne les voyait plus. Il avait suffi d'un faux pas pour qu'il soit précipité dans le vide. Et lui, Poséidon ne l'a pas retenu. Voilà, Icare, comment les choses se sont passées.

A présent Icare s'assit.
– Pourquoi t'es-tu enfui à ce moment-là ?
– Parce qu'il fallait que je m'attende à ne pas être cru. On savait que j'étais un peu jaloux de Kalos ; j'avais dit à Ménon que je me passerais volontiers de lui.
– Tu as dit cela ? balbutia Icare.
– Un jour que j'avais un peu bu ! Jamais, entends-tu, je n'ai songé à faire du mal à Kalos. Je voulais simplement...

Icare l'interrompit :
– Pourquoi ne me dis-tu toutes ces choses que maintenant ?
– Je voulais t'épargner. Comment t'aurait-il été possible de commencer ici une nouvelle vie avec cette ombre sur ton chemin ?

Il s'installa entre eux un silence tendu. Puis soudain, Icare fut saisi d'une pensée qui le fit frissonner : son père n'avait pas tué Kalos, mais sa mort l'arrangeait.
– Comprends-moi donc ! l'adjura Dédale quand il le vit regarder devant lui d'un air égaré. Il fallait que je prenne la fuite. Les juges de l'Aréopage m'auraient écouté les

oreilles fermées. Mais je ne suis pas responsable de cette mort.

– Ni en deuil à cause d'elle, ajouta Icare d'un ton acerbe.

– Que fallait-il que je fasse ?

Icare le déconcerta en répondant à sa question par une autre question.

– Et lui, dans ta situation, comment se serait-il comporté ?

– Qui, lui ?

– Thésée.

– Pourquoi me parles-tu de Thésée ?

– Il a pris ma défense.

– Ta défense ? demanda Dédale, étonné.

– La mienne et celle d'Andros ; les autres lui en voulaient de fréquenter « le fils d'un assassin ».

– Thésée finira bien par intervenir aussi en ma faveur, observa Dédale d'un ton légèrement ironique.

A cet instant, Icare éprouva pour son père un profond dégoût : qu'est-ce que cela pouvait bien faire qu'il n'eût pas poussé Kalos de sa propre main, puisque, de toute façon, il était décidé à le laisser tomber pour toujours ?

Il avait réussi à se dégager de toute responsabilité.

« Il trouvera toujours une échappatoire quand ça deviendra dangereux pour lui », pensa Icare ; puis, brusquement, il dit à son père sur un ton de défi :

– Tu n'oserais pas.

– De quoi parles-tu ?

– Aller dans le Labyrinthe comme Thésée va devoir le faire.

Dédale le considéra avec surprise. Il se mit à sourire ; puis son visage tout entier s'anima, montrant avec quelle avidité il s'emparait de cette idée.

– Tu m'accompagnerais ?

– Parfaitement.

– Tu as du courage, observa Dédale. Bon, d'accord : tu verras le Minotaure.

*
**

Il faisait nuit noire quand ils se mirent en route. Dédale prit deux lampes, les alluma et, après avoir réglé les mèches pour qu'elles fussent aussi courtes que possible, en donna une à Icare.

Ils parcoururent sans dire un mot le chemin qui conduisait à l'arène. Arrivés là, ils contournèrent le logis des sauteurs de taureaux. Une sentinelle les interpella, puis s'effaça tout de suite quand elle reconnut Dédale.

Ils arrivèrent à une paroi rocheuse dans laquelle s'ouvrait une large crevasse : l'entrée du Labyrinthe.

Dédale remonta les mèches. Ils pénétrèrent ensuite dans la caverne.

Ils empruntèrent tout d'abord un long couloir qui se divisait à son extrémité en trois autres couloirs à peine moins vastes que le premier. Dédale prit celui de droite. Ce couloir suivait une pente ascendante et débouchait dans une grande salle encombrée de morceaux de rocher et de colonnes qui se dressaient jusqu'au plafond, formant une forêt de pierre avec des passages dans toutes les directions.

Dédale trouva immédiatement son chemin dans ce fouillis de colonnes. Il y eut ensuite un corridor au sol plat par lequel on parvenait à deux ouvertures qui semblaient regarder les arrivants comme deux orbites vides. Sans avoir à se baisser, Dédale s'engagea dans celle de gauche.

Icare était à quelques pas derrière son père. Dédale s'enfonçait sans cesse dans de nouveaux couloirs et ceux-ci se distinguaient de moins en moins les uns des autres. C'était bien ce qui les rendait si impressionnants : il devenait impossible de ne pas les confondre. Partout, à droite comme à gauche, les parois rocheuses étaient nues, muettes, fermées à toutes les interrogations du regard, et même menaçantes. Pourtant, Dédale avançait sans la moindre hésitation. Chacun de ses pas semblait dire : « Je connais le chemin ; ceci est mon antre, ma maison ; à quelque niveau qu'elles se situent, toutes les salles me sont familières, jusqu'à la plus retirée et la plus petite ; je connais chaque coin et chaque recoin ; pas la peine de s'inquiéter de la voie à suivre. »

Icare ne perdait pas son père de vue. Il s'était livré à lui et savait qu'à chacun de ses pas celui-ci le rapprochait du Minotaure.

La question lui échappa :

– Et s'il surgissait là, dans l'un de ces couloirs ?

– Il a sa place, répondit son père d'un ton rassurant. Il ne la quitte que lorsqu'il est réveillé. Mais alors, ici sous terre, ce n'est plus aussi calme.

Le chemin de pierre multipliait les sinuosités, rendant un retour en arrière de plus en plus improbable.

Brusquement, ils se trouvèrent devant le monstre. Dédale s'était arrêté et avait fait venir Icare à côté de lui. Le couloir était assez large pour qu'ils pussent se tenir l'un près de l'autre. En face d'eux s'ouvrait une vaste salle dont le plafond semblait couvert de nuages pétrifiés.

Icare remarqua sur le sol des morceaux de rocher. Puis il aperçut dans une niche une forme étendue, une masse pourvue de cornes et de la taille de deux taureaux mis bout à bout. Horrifié, Icare reconnut des épaules, des bras et des jambes semblables à ceux d'un homme.

– Tu peux le regarder en toute tranquillité ! lui dit Dédale sans baisser la voix. Nous n'avons rien à craindre de lui.

Icare eut le souffle coupé quand il vit son père s'avancer et saisir le monstre par l'une de ses cornes. Le Minotaure resta immobile.

– Tu pourrais lui donner un coup de poing entre les cornes, il ne se réveillerait pas. Quand il dort, il dort. Il est vrai qu'à tout moment, il peut se réveiller.

– Alors, maintenant aussi ?

Dédale examina attentivement l'épouvantable bête.

– Ça n'en a pas l'air.

Le dos sombre du Minotaure s'élevait et

s'abaissait imperceptiblement, au rythme d'une respiration paisible.

– Mais que se passerait-il s'il se réveillait soudain ?

– Il ne nous ferait rien, il me connaît et me considère comme son protecteur.

Icare vit son père sourire. Un violent sentiment fait d'horreur et d'admiration s'éleva en lui.

– Mais n'est-il pas méchant ?

– Ça, il l'est.

– Et malgré cela tu lui fais confiance ?

– Pas entièrement.

Icare remarqua que le sourire de son père s'était accentué.

– J'ai installé un dispositif de sécurité... au cas où.

S'étant approché d'une des parois de la salle, Dédale s'appuya contre elle. Une fente s'ouvrit dans le mur. Un homme pouvait s'y glisser, mais elle était trop étroite pour un colosse comme le Minotaure. Un bloc de pierre de forme allongée avait été disposé dans la paroi rocheuse de façon à pouvoir être déplacé ; une fois cette lourde porte tournante fermée, on ne pouvait deviner l'existence du couloir qu'il y avait derrière.

Déconcerté, Icare regarda son père.

– Est-ce là le moyen de sortir du Labyrinthe ?
– Oui, à moins de parcourir à nouveau tous les couloirs sans se tromper.
– A toi, donc, il ne peut rien t'arriver ?
– Difficilement.
– Et qu'est-ce qui se passera pour Thésée... dans le Labyrinthe ?
– Il devra combattre. D'un signe de tête, Dédale désigna le monstre : Le Minotaure se mettra à gronder et à lancer des blocs de pierre contre les murs de sa demeure. Tout le monde l'entendra. Il poussera des mugissements à faire trembler la montagne. C'est comme ça qu'il appellera Thésée. Je n'aimerais pas être à sa place à ce moment-là.
– Il tuera le monstre.
– Je le lui souhaite. Mais je ne peux rien faire pour l'aider.

Icare regarda alors son père droit dans les yeux.
– Tu dois dire à Thésée qu'il y a cette issue.
– Jamais ! Elle est réservée au roi. J'ai juré à Minos de ne faire franchir cette porte à qui que ce soit. En ce qui te concerne, c'est différent. Nous ne faisons qu'un, toi et moi. Allons, viens !

Dédale fit passer Icare par l'étroite fente et la referma soigneusement. Le passage secret dans lequel ils avançaient à présent avait des murs lisses taillés dans le roc. Il les conduisit à un escalier aux marches hautes et étroites.

Par un geste, Dédale fit comprendre à Icare qu'il devait le suivre sans parler. L'escalier était raide et montait en tournant. La lueur des lampes finit par éclairer une dalle qui obstruait le passage aussi hermétiquement que le bloc de rocher tout en bas dans le Labyrinthe. Cette porte secrète, Dédale n'eut pas plus de peine à l'ouvrir que la précédente. Ils sortirent de la fosse de l'escalier.

Icare ne put en croire ses yeux : il se trouvait avec son père dans la pièce située à côté de la salle du trône. La dalle qui fermait le passage secret constituait le fond de la cavité que Icare avait remarquée lorsqu'il était venu à cet endroit en compagnie d'Ariane. Dédale obtura le passage en faisant pivoter sans un bruit la dalle autour de son axe.

La salle du trône était aussi silencieuse que la prison souterraine habitée par le Minotaure. Icare jeta des regards inquiets de tous côtés.

– Et si quelqu'un nous trouve ici ?

– Personne ne vient ici la nuit, même pas les sentinelles. Seuls le roi et les prêtres savent que c'est ici qu'aboutit l'escalier conduisant au Labyrinthe. Chaque année, le roi descend voir le Minotaure, garant de sa puissance. C'est ce qui donne son aplomb à Minos. S'il arrive que Thésée tue le Minotaure, c'est aussi au roi de Crète qu'il infligera un coup, et celui-ci ne s'en relèvera pas.
– Et toi alors, que feras-tu ?
– Je patienterai. Dédale jeta à Icare un regard vainqueur : Tu as encore à apprendre l'art de se servir des puissants.

A cet instant, Icare n'avait qu'une question en tête : « Comment Thésée pourrait-il s'échapper du Labyrinthe ? » Il interrogea à nouveau son père à ce sujet.
– En aucun cas par cette porte, répondit Dédale. C'est ici que se trouvera Minos. Témoin caché, par la porte ouverte il sera le premier à connaître l'issue du combat. Mais si Thésée tue le Minotaure, Minos fermera cette porte de telle sorte que personne ne pourra la rouvrir, pas même Thésée.
– Il est pourtant en ton pouvoir de sauver Thésée !
– Je ferai quand il le faudra ce qu'il y aura à faire, répondit Dédale. C'est à toi que j'ai

montré la sortie du Labyrinthe, ne l'oublie pas ! Tu connais le secret... ne le répète à personne, nous serions tous perdus.

Il éteignit les lampes et ils sortirent. Devant eux, s'étendait la Grande Cour.

3. Dans la Grande Cour

Dédale fit aussi promettre à Icare que, jusqu'au jour où les sauteurs de taureaux auraient à faire leurs preuves dans la Grande Cour, il ne s'approcherait pas de l'arène.

Icare fut étonné ; son père devait bien savoir qu'il n'y était plus retourné depuis qu'il y avait été si mal accueilli. Le lendemain, il demanda à Andros s'il s'était produit dans l'arène quelque chose d'inhabituel.

– Pourquoi me poses-tu cette question ?

Icare lui parla de l'étrange comportement de son père.

– Aglaïa est morte, lui dit alors Andros. Et Iménès est gravement blessé.

– Comment est-ce possible ! s'exclama Icare, consterné. Jusqu'à maintenant, il n'y a jamais eu d'accident grave. Et de semaine en semaine, vous avez acquis de plus en plus d'assurance.

– Ça ne vient pas de nous.

– Des taureaux, alors ?

– Des instructeurs. De l'un d'eux.

Andros ne garda pas plus longtemps le silence.

– Cet homme-là a tellement changé que nous ne le reconnaissons plus. Avant, il était comme tous les autres ; il veillait à ce qu'il ne nous arrive rien ; mais, du jour au lendemain, il s'est mis à provoquer les incidents et nous a tous plongés dans des situations où il peut se passer les pires choses. Il ne nous laisse plus assez de temps entre les sauts, et fait même affronter aux plus faibles d'entre nous des bêtes dont il est difficile de prévoir les réactions. Il a Aglaïa et Iménès sur la conscience.

– Vous n'avez pas essayé de vous y opposer ?

– Il ne nous a absolument pas écoutés.

– Comment s'appelle cet homme, cet être inhumain ?

– Simnis. Mais oublie son nom !

– Pas du tout. Je vais demander à mon père d'intervenir auprès du roi pour que ce Simnis soit remplacé, promit Icare.

– Thésée a déjà protesté, répliqua Andros, mais le roi de Crète lui a fait remarquer qu'il était nécessaire de donner aux sauteurs une préparation qui leur permette de réussir l'épreuve de la Grande Cour ; et il a dit que cela n'était pas possible si on ne leur demandait pas auparavant de fournir beaucoup d'efforts.

Andros raconta alors les ruses dont se servait Simnis — et seulement lui — pour faire perdre peu à peu aux sauteurs toute confiance en eux-mêmes. L'un d'eux, Chitron, avait dû s'échapper deux fois par les ouvertures de sécurité ; comme il refusait de se présenter pour un nouveau saut, Simnis l'avait empoigné et poussé dans l'arène ; mais Chitron avait perdu connaissance et lui était resté dans les griffes.

Icare était indigné. Dès qu'il eut l'occasion de parler à son père seul à seul, il amena la conversation sur ce sujet.

– Je comprends, à présent, pourquoi il fallait que je te promette de ne pas m'approcher de l'arène.

Dédale ne se montra pas surpris.

– J'avais bien peur que tu sois mis au courant des événements regrettables qui ont eu lieu là-bas.

– Si l'on n'entreprend rien, il s'en passera

encore davantage de ces événements regrettables.
– C'est à craindre.
– Il ne faut plus qu'ils soient livrés à ce Simnis ! s'écria Icare.
– A moi non plus, ça ne me plaît pas. Mais le roi ne renverra pas Simnis.
– Qui te l'a dit ?
– Minos lui-même.

Dédale invita Icare à s'asseoir et à l'écouter calmement. Il lui expliqua que, ayant été informé des agissements de ce bourreau et de la vaine démarche de Thésée, il s'était présenté chez le roi.
– Et le roi ne t'a pas écouté ?
– Oh si ! Il n'a perdu aucun mot de ce que je lui disais quand je lui ai parlé des actes cruels dont Simnis s'est rendu coupable. Mais lorsque je lui ai conseillé de demander raison à Simnis de ces abus de pouvoir, il l'a pris sous sa protection. « Il exécute des ordres », m'a-t-il dit. J'en savais assez, je suis parti.
– Mais le roi a toujours tenu compte de ce que tu lui disais !
– Il est totalement transformé depuis que Thésée est là. Il n'est plus sûr de lui-même, et à l'avenir, il faudra, plus encore qu'aupara-

vant, que je fasse attention à chacun de mes mots si je ne veux pas éveiller sa méfiance.

– Simnis va donc continuer d'agir à sa guise ?

Dédale fit oui de la tête. Puis il se pencha et dit à voix basse, comme s'il craignait qu'il y eût quelqu'un aux aguets derrière la porte :

– Minos ne se fait pas à l'idée que Thésée pourrait ramener triomphalement les otages à Athènes. Il n'est absolument pas disposé à les laisser tous lui échapper. Qui sait les instructions secrètes qu'il a pu donner pour la course de taureaux !

Le jour de l'épreuve était toujours célébré comme un jour de fête. C'était dans toute la Crète un déchaînement d'allégresse. Les rues retentissaient de chansons ; on dansait sur les places, jusqu'à ce que les danseurs ne sachent plus si c'était eux ou les maisons qui dansaient. On s'invitait les uns les autres ; tout le monde s'asseyait à la même table : le marchand à côté du mendiant et le pâtre à côté du commandant de la flotte. Tour à tour, on invitait et on était invité, et comme en Crète l'invité était considéré à l'égal d'un dieu, tous étaient des dieux.

Les femmes et les jeunes filles transformaient leur chevelure en pyramides, en grandes sculptures arrondies, en touffes de flammes, s'aidant pour cela d'épingles étincelantes, de rubans et de résilles de toutes les couleurs. Elles portaient d'étroits corsages qui laissaient libres leurs poitrines, de magnifiques ceintures et de larges jupes qui les rendaient à la fois attirantes et inaccessibles. Les hommes qui en avaient les moyens étaient couverts de bijoux, de colliers, de boucles d'oreilles et de bracelets tant aux poignets qu'aux chevilles.

Sur les gradins, autour de la Grande Cour, s'assemblaient des spectateurs qui rivalisaient de splendeur et de fantaisie. C'était à qui se ferait le plus admirer.

Mais lorsque commençait le jeu mortel, lorsque débutait l'épreuve du saut, chacun observait avec autant d'attention que si c'était lui que le taureau chargeait. On saluait chaque sauteur avec ferveur, comme si de lui avait dépendu l'avenir des Crétois ; et chaque saut réussi déclenchait l'enthousiasme, faisant déferler sur la Grande Cour des tonnerres d'applaudissements.

Enivrés de joie, les spectateurs oubliaient que c'était sur des otages que se ruaient les taureaux.

Puis, chaque fois, l'épreuve du saut s'achevait dans un silence qui se répandait sur le sanctuaire et sur toute la ville, au moment où le roi se levait de son siège, tenant la hache à double tranchant, et descendait dans la cour afin de tuer d'un seul coup le taureau du sacrifice couché par terre, les pattes liées.

C'est ainsi que les choses s'étaient toujours passées, année après année.

Mais cette fois, Thésée était apparu au côté du roi. Et, comme lors de son arrivée au port, c'est sur lui, et non sur Minos que s'étaient posés les regards. Quand ils virent Thésée, tous oublièrent qu'il faisait partie du tribut que Minos avait exigé du roi d'Athènes. C'est dans un silence chargé d'attente que les Crétois l'accueillirent dans la Grande Cour. Comme toujours, on vit d'abord se produire des bateleurs, des boxeurs et même des bouffons. Puis des chœurs entonnèrent des chants à la gloire de la divinité. Ensuite, on annonça le premier taureau, le premier sauteur ; et, après les applaudissements qui saluèrent son apparition, les rangées devinrent silencieuses.

Ce fut Ménandre qui se présenta pour affronter le taureau ; et lorsque celui-ci l'attaqua, rendu farouche par ce milieu qu'il ne connaissait pas et par les gestes de défi du jeune homme, Ménandre sauta au-dessus de lui avec tant d'audace et de sûreté qu'il y eut une explosion de joie qui sembla frapper l'animal de stupeur.

Les sauts se succédèrent à un rythme rapide. Les instructeurs, qui se tenaient près de la palissade au pied des tribunes, ne durent intervenir que deux fois pour détourner le taureau ; deux fois seulement, des sauteurs restèrent étendus sur le sol, étourdis par leur chute, et il fallut les emporter.

L'inattendu se produisit lorsqu'on appela Chitron. Il ne vint pas seul ; il y avait à côté de lui un homme bâti comme un lutteur : c'était Simnis.

Un murmure désapprobateur parcourut l'assistance. Chitron était pâle, tout le monde s'en aperçut ; son visage avait un éclat livide. Il hésitait à avancer, Simnis l'y obligea. Et quand Chitron s'arrêta, il le poussa devant lui.

Il y eut des cris de mécontentement, mais Simnis y semblait insensible. Il donna à Chitron un coup qui le fit trébucher et s'étendre de tout son long.

Des protestations indignées montèrent des tribunes.

Simnis regarda à droite, à gauche, se retourna et dit d'une voix forte :

– Que dois-je faire de lui s'il a peur et ne veut pas sauter ?

Tous se tournèrent vers le roi ; tous attendaient qu'il mît fin à ce spectacle lamentable. Mais Minos demeura immobile et muet.

– Que faut-il faire ? répéta Simnis en montrant Chitron toujours étendu devant lui.

Minos fit signe à Simnis de relever Chitron. Simnis l'empoigna et le remit sur pied. Chitron était paralysé par la peur, il ne fit rien pour se défendre.

– Et maintenant ? demanda Simnis.

– Quelle question ! lui répondit rudement le roi de Crète. Son destin est d'affronter le taureau, comme les autres !

– Non, pas lui, déclara Thésée d'une voix si ferme que tous l'entendirent. Il s'était levé.

– Qui alors ? demanda Minos en colère.

– Moi, lui répondit Thésée.

Le roi lança à Thésée un regard haineux :

– Toi ? mais tu n'es pas du tout... préparé pour ça.

Sans plus d'explications, Thésée descendit dans la cour.

– Lâche Chitron !

Simnis obéit comme si l'ordre venait de Minos.

– Va-t-en d'ici !

Simnis s'en alla.

– Laisse-moi m'occuper de ce taureau ! demanda Thésée à Chitron.

Et Chitron partit lui aussi.

Il régnait maintenant dans la Grande Cour une tension telle que les Crétois n'en avaient jamais connu de semblable. Et lorsque le taureau parut, une bête énorme que Simnis tenait en réserve afin d'écraser Chitron, on n'entendit plus un souffle.

– Viens ici, mon brave ! lui lança Thésée. Tout en disant cela, il agita les bras en l'air comme un jeune homme qui se jette dans une aventure.

Énervé, le taureau dressa la tête. Puis il abaissa ses cornes sans quitter de l'œil l'homme qui criait devant lui. Rendu furieux, il s'élança, augmentant sa puissance de choc à chacun de ses bonds. Les spectateurs s'attendaient à le voir piétiner le jeune homme. Tous savaient que Thésée n'avait encore jamais affronté un taureau lancé au galop.

Déjà, les poitrines se serraient, prêtes à pousser un cri, quand soudain Thésée pivota sur lui-même et esquiva l'animal avec adresse. Celui-ci ne put que l'effleurer et, entraîné par sa masse, poursuivit sa course dans le vide. Il s'arrêta en renâclant, fit demi-tour, chargea de nouveau et, encore une fois, manqua sa cible d'un pouce. Les spectateurs se levèrent ; Icare et Talos en firent autant ; Ariane aussi. Seuls Minos et Dédale restèrent assis.

Le taureau ne bougeait plus et regardait devant lui, l'œil hébété. Alors Thésée s'approcha d'un pas tranquille, et avant que l'animal ait pu se douter du danger qui le menaçait, l'homme le saisit par les cornes et secoua son crâne puissant. Le taureau donnait l'impression d'être engourdi, comme s'il avait reçu un coup violent. Puis il essaya de se libérer de cette poigne. Mais Thésée se raidit contre l'énorme bête. Le taureau fouettait ses flancs de sa queue, comme pour s'exciter lui-même. La résistance à laquelle il se heurtait étant trop grande, il recula, pas à pas, et l'homme accompagna de son propre corps chacun des mouvements de l'animal. Ils se livrèrent ainsi à une danse d'une grande solennité, d'une gravité qui semblait avoir ensorcelé l'assistance. C'était une danse de vie et de mort.

Le taureau, les flancs parcourus de frémissements, essayait en vain de se libérer, mais, impitoyablement, Thésée le conduisait à l'endroit du sacrifice, là où se trouvait une pierre plate et creuse destinée à recevoir le sang des taureaux.

Par-dessus la bête, Thésée regarda en direction du roi. De mauvaise grâce, celui-ci s'était levé de son siège et tenait dans ses mains la hache au double tranchant.

– Fallait-il que j'accepte sans rien faire qu'on tue devant tout le monde un être incapable de se défendre ? interrogea Thésée d'une voix haletante.

Il demanda au roi de tuer le taureau ; Minos n'ayant pas bougé, Thésée lui cria :

– Tue-le, ou c'est moi qui le ferai !

Alors le roi de Crète descendit pour s'approcher du taureau. Pendant un instant, Minos et Thésée se trouvèrent face à face. Thésée vit un visage déformé par la peur. Puis Minos éleva la hache et l'abattit sur le taureau qu'il tua d'un seul coup.

La foule laissa éclater sa joie. Tous fixaient sur Thésée des regards admiratifs. Personne ne prêta attention au roi lorsqu'il se retira dans la salle où se trouvait le trône de pierre.

⁂

– Le sort en est jeté, dit Dédale à Icare au soir de cette journée. Devant tout le peuple, Thésée a montré au roi ce qui va se passer dans le Labyrinthe. Il peut compter sur moi. Je me suis décidé.

D'une voix enrouée par l'excitation, Dédale poursuivit :

– J'ai fait beaucoup pour Minos. J'avais fondé sur lui de grands espoirs. Il m'a déçu, plus encore que le vieux roi d'Athènes. Mais voici qu'est arrivé un homme supérieur à tous les autres. A côté de lui, Minos est une nullité.

Dédale continua longtemps à parler. Il affirmait des choses invraisemblables, comme par exemple : « C'est à moi, à moi uniquement, qu'il doit d'être encore sur le trône. Que serait-il sans moi ? ».

De plus en plus stupéfait, Icare regardait son père qui s'était si complaisamment mis au service de ce roi dont il parlait maintenant avec un mépris sans borne.

– As-tu remarqué que, pour son peuple, c'était comme s'il n'existait plus ? Ce n'était pas vers lui que partaient les cris de joie, mais vers celui qui a pris le taureau par les cornes. As-tu observé Ariane ? C'est Thésée qu'elle regardait, pas son père. Et toi aussi !

Thésée est l'homme qui monte ; il n'y a plus à en douter. Pour Minos, c'est fini... et depuis aujourd'hui, il le sait. Dédale empoigna Icare par les bras : Dorénavant, nous devons nous méfier de lui.

La nuit suivante, Icare fit un rêve qui l'angoissa. Il était dans la Grande Cour, devant les gradins vides. A part lui, il n'y avait là que le taureau : une masse sombre à l'autre bout de la place. Il y resta longtemps, l'air menaçant. Puis il se mit en mouvement et, sans un bruit, les cornes baissées, il s'avança pas à pas vers Icare. Fasciné, incapable de fuir ou, simplement, de reculer, Icare ne bougeait pas. Le taureau s'approcha si près qu'il sentait les pointes étincelantes des cornes dirigées vers lui. Soudain l'animal leva la tête, et Icare se retrouva face à un visage humain, impossible à reconnaître. Il crut d'abord que c'était celui du roi, mais il vit peu à peu se préciser les traits de son père, tordus en une grimace, comme lorsqu'une personne s'amuse à en effrayer une autre pour le simple plaisir de lui dire ensuite : « N'aie pas peur, c'est moi, je voulais juste... » Le visage de Dédale exprimait bien quelque chose de ce genre, mais les mots sortaient si déformés de sa bouche que

Icare ne pouvait pas les comprendre. Puis le visage s'évanouit, et Icare eut à nouveau devant lui l'énorme bête jusqu'à ce qu'il comprît que c'était la nuit qu'il regardait ainsi les yeux grands ouverts.

Il s'était réveillé et pensa à Chitron.

4. Le ravin

Tous sentaient l'inquiétude contenue dans l'air. La grande attente avait commencé. A quel moment, au fond de la caverne, le taureau allait-il s'éveiller ? Les années précédentes, les cris des Crétois dans la Grande Cour et le martèlement sourd de la course du taureau étaient venus troubler le sommeil du monstre et l'avaient tiré de sa torpeur. Il était aussi arrivé que le coup de la hache à double tranchant le réveillât en sursaut. Jetant alors avec rage des pierres contre les murs, le Minotaure avait ébranlé le Labyrinthe, et l'allégresse générale avait fait place au silence. A chaque fois il y avait eu ce grondement par lequel la terrible créature mi-homme, mi-bête réclamait ses proies ; tôt ou tard, il se faisait entendre, répondant comme en écho au tonnerre des applaudissements. Cette année, cependant, le Minotaure ne paraissait pas pressé, comme s'il avait flairé un grand changement chez ce roi dont il portait le nom ; comme si Minos lui avait communiqué son inquiétude.

Dans les jours qui suivirent, Minos se sentit prisonnier d'un filet qui se rétrécissait à chacun de ses mouvements. Il avait cru désarmer Thésée en adoptant à son égard un air de supériorité et en acceptant que le fils du roi affronte seul le Minotaure. Mais, devant tout le peuple, Thésée avait montré combien il lui était facile de venir à bout d'un taureau furieux ; et nul ne doutait plus qu'il réussirait aussi à vaincre le Minotaure.

Minos avait eu l'intention de confier de nouveaux pouvoirs à Simnis ; mais, après ces événements, il le congédia pour éviter la colère du peuple.

Thésée avait prouvé qu'il était le plus fort en exigeant que le roi descende dans l'arène. Quand les Crétois virent la hache au double tranchant étinceler au-dessus de la tête du fils du roi d'Athènes, pendant un court instant ils eurent peur pour lui et ils ne respirèrent à nouveau librement que lorsque le couperet s'abattit sur la nuque du taureau.

Minos devait reconnaître que Thésée avait réussi à mettre les Crétois de son côté. Le roi de Crète ne pouvait plus espérer qu'une seule chose : que Thésée, même s'il triomphait du Minotaure, reste prisonnier du Labyrinthe.

Cette idée, Minos s'y raccrochait ; mais depuis l'épreuve de la Grande Cour, elle n'effleurait même plus l'esprit des otages. L'assurance qui était déjà la leur quand ils avaient posé le pied sur le sol de Crète n'avait fait que croître : non seulement Thésée serait vainqueur du Minotaure, mais il sortirait du Labyrinthe et les ramènerait à Athènes. Ils en étaient tellement convaincus qu'ils n'en parlaient jamais. Pour eux, la grande aventure s'était déjà terminée, et par un succès. Ils avaient sauté par-dessus le taureau.

Tous sauf un : Chitron. Il avait perdu toute confiance en lui depuis que Simnis l'avait jeté par terre. Ses compagnons avaient beau s'occuper de lui et Thésée le traiter comme n'importe lequel d'entre eux, il se sentait exclu. Quelque chose le poussait à errer çà et là ; il ne revenait souvent qu'au milieu de la nuit, et une fois même, ce fut au lever du jour.

A cette époque, Andros rencontrait Icare tous les jours. Comme Ariane, ils avaient leur « maison » : c'était un rocher au bord de la mer. Là, Icare se confiait à son ami, et il le faisait avec tant de sincérité qu'Andros finit par avoir l'impression de connaître Icare mieux qu'il ne se connaissait lui-même. Icare lui parlait de ses rêves et des conversations qu'il avait eues avec Kalos ou avec son père ; il en vint même à lui raconter qu'il s'était rendu dans la caverne du Minotaure. Andros apprit aussi que Dédale avait décidé d'indiquer à Thésée le moyen de sortir du Labyrinthe.

– Alors tout va bien, déclara Andros. Ton père rend ainsi à Athènes un service qui lui permettra d'y retourner. Il comparaîtra sur l'Aréopage, et personne ne mettra en doute ses déclarations. Nous monterons ensemble dans le bateau qui doit nous ramener à Athènes. Ô Icare, quel beau jour ce sera !

***

Quelques jours plus tard, Andros rattrapa Icare sur le chemin qui menait au rocher et lui dit, pâle d'émotion :

– Il faut que nous trouvions Chitron, il a

disparu. Nous l'avons cherché pendant des heures. Où peut-il être ?

Icare revit les chemins sur lesquels il avait lui-même erré après sa conversation avec le timonier. Brusquement, il lui vint un soupçon qui le fit sursauter. Andros s'en aperçut.

– A quoi penses-tu ?

– Il essaye peut-être de fuir.

– Impossible, rétorqua aussitôt Andros. Nous nous sommes promis les uns aux autres de ne pas le faire. D'ailleurs, pourquoi le voudrait-il ? Il n'est plus obligé de sauter, ni dans l'arène ni dans la Grande Cour. Il se cache quelque part parce qu'il s'imagine qu'il ne peut plus se montrer devant nous.

– Il y a beaucoup d'endroits où l'on peut se cacher en Crète, fit remarquer Icare, beaucoup de grottes, de montagnes, de ravins.

Et de nouveau, il pensa à quelque chose qui lui fit tellement peur que Andros s'en rendit compte.

– S'il descend là-bas, dit Icare, il est perdu.

– Où ?

– Viens ! Peut-être qu'il en a entendu parler et qu'il est en train d'y aller.

– Où ça ?

Icare allait si vite que Andros pouvait à peine le suivre. En chemin, Icare lui apprit l'existence du ravin que les Crétois appellent « la Porte ». Là se rendent ceux qui, parce qu'ils ont commis une faute ou parce qu'ils n'ont pas été capables de faire quelque chose, s'obligent à descendre au fond de la gorge et à rejoindre la côte en franchissant la Porte.

– Cette Porte, expliqua Icare, a des parois tellement proches l'une de l'autre qu'en étendant les bras on peut les toucher toutes les deux ; et elles sont tellement élevées que, même à midi, celui qui regarde en haut peut voir les étoiles. Seulement voilà : en réalité personne ne peut étendre les bras ou lever tranquillement les yeux vers le ciel à cet endroit, parce qu'il y coule un torrent déchaîné. Celui qui se risque dans cette aventure doit lutter de toutes ses forces pour ne pas être emporté par les tourbillons. Peu ont réussi à en sortir vivants. Si c'est ça que Chitron a l'intention de faire...

– C'est bien possible, dit Andros.

Et c'était lui maintenant qui pressait le pas.

De loin, ils virent la silhouette de Chitron se dresser à l'entrée du ravin. Il ne les entendit pas venir. Le grondement que faisait le torrent en se précipitant dans les profondeurs couvrait tout autre bruit. Lorsqu'ils furent tout près de lui, il se retourna et les regarda, effrayé.

– Que venez-vous faire ici ?

– Et toi ? répondit Andros qui devait hurler pour se faire comprendre. Je sais ce que tu veux faire, mais nous t'en empêcherons.

– Ça ne regarde que moi, cria Chitron.

Icare posa sa main sur l'épaule de Chitron.

– Oui, ça ne regarde que toi. Et si nous ne pouvons te faire abandonner cette idée, nous te laisserons. Mais avant, nous aimerions parler avec toi.

Chitron hésitait.

– Lâche-moi ! ordonna-t-il sur un ton buté.

Mais Icare le tenait d'une main ferme, alors il céda et se laissa conduire jusqu'à un arbre dressé en sentinelle au bord du ravin comme un bon géant. Ils s'assirent. Chitron avait la tête baissée ; au bout d'un moment, il se mit à parler.

– Pourquoi me tombez-vous dessus comme ça ? Je comptais revenir vers vous. Mais d'abord, il faut que je réussisse à passer !

Icare et Andros écoutèrent en silence. De la bouche de Chitron jaillissait un flot de paroles amères :

– Je suis le seul à avoir eu une défaillance. Je me suis moi-même exclu par ma lâcheté. Il faut que je franchisse la Porte !

Chitron avait un ton si résolu que Andros hésita un certain temps avant de dire :

– Ce qui t'est arrivé aurait pu arriver à chacun d'entre nous, mais c'est toi qu'il guettait.

Andros évita de dire le nom de celui dont il parlait. Chitron, lui, le prononça.

– Ça ne vient pas de Simnis, ça vient de moi. Il nous guettait tous, seulement à vous, il ne pouvait rien vous faire.

– Il y en a tout de même deux d'entre nous qu'il a sur la conscience, rappela Andros.

– Je voudrais qu'il me soit arrivé la même chose qu'à Aglaïa et Iménès. A eux, personne ne peut rien reprocher.

– Personne ne te fait de reproche, dit Andros.

Alors, Chitron le regarda :

– Tu ne me comprends pas. Aucun de vous ne me comprend. Et si tu veux m'ôter la possibilité de faire ce que je veux faire, tu te montres à mon égard encore pire que Simnis. Il faut que je réussisse !

– Laissons-le essayer, dit alors Icare. Nous n'avons pas le droit de l'en empêcher.

– C'est toi qui dis ça ? s'étonna Andros.

Et il fut de plus en plus inquiet quand il entendit Icare déclarer :

– Mais l'un de nous l'accompagnera.

– Pas moi, ne put s'empêcher de dire Andros aussitôt.

– Moi, dit Icare.

– Tu ne sais pas ce que tu dis ! cria Andros.

– Si, répliqua Icare. Talos m'a dit à quoi doit s'attendre celui qui descend dans le ravin. Talos connaît très bien la Porte, mais il n'a encore jamais essayé de retenir quelqu'un qui voulait y descendre.

Andros comprit que Icare n'était pas moins déterminé que Chitron. Il ne savait plus que faire. Chitron ayant tenté d'expliquer à Icare que pour rien au monde il n'accepterait sa proposition, ce dernier eut un sourire.

– Il faudra que tu me supportes. Je t'accompagnerai, que ça te plaise ou non. Et toi, dit-il en se tournant vers Andros, va chercher Talos et demande-lui de nous attendre à la sortie du ravin. C'est là que nous aurons besoin de son aide.

Icare laissa Chitron marcher en tête. Il le suivait de près. A un moment, Chitron se retourna et adjura Icare :

– Je t'en prie, laisse-moi essayer tout seul !

Icare le regarda sans dire un mot.

– Pourquoi veux-tu te mêler de mes affaires ?
– Qui te dit que je me mêle de tes affaires ?
– N'es-tu pas en train de m'accompagner ?
– Ce n'est pas à cause de toi, répondit Icare. Que peux-tu savoir de moi ? Avance !

Chitron se remit donc à descendre.

Le torrent se précipitait en chute libre dans l'abîme. Parfois, les deux garçons en étaient si proches qu'il les éclaboussait de gouttes étincelantes ; et lorsqu'ils furent plus bas, il les enveloppa de son mugissement. Dans le fond du ravin, il bouillonnait en se heurtant aux blocs de rocher qui lui barraient le chemin. Les parois abruptes obligeaient sans cesse Chitron et Icare à traverser l'impétueux cours d'eau afin de gagner la rive où il était encore possible d'avancer. Ils durent le faire quatorze fois... Puis, soudain, le grondement cessa. Le torrent avait disparu. Ils se retrouvèrent dans un calme étrange.

– Où est l'eau ? s'étonna Chitron.

Icare montra le sol.

– Loin au-dessous de nous.
– Tu savais que ça serait comme ça ?
– Talos me l'avait dit.
– Ça va resurgir ?

Icare hocha la tête affirmativement.

A cet endroit, le fond de la gorge, devenu plat et large, se prêtait à une halte. Mais Chitron insistait pour continuer. Ils marchaient maintenant côte à côte, comme deux personnes qui se seraient rencontrées par hasard, en route vers le même but. Et l'eau réapparut. Jaillie d'invisibles fissures, elle s'accumulait dans un lit qui, d'abord très large, ne tarda pas à se rétrécir ; l'eau leur monta jusqu'aux chevilles, puis au-dessus des genoux. A droite comme à gauche, la frange de terrain où progresser à sec se fit de plus en plus étroite. Finalement, il n'y eut plus que les parois rocheuses dont les arêtes supérieures délimitaient une étroite bande de ciel.

A mesure qu'ils avançaient, le ciel devenait plus sombre. A l'intérieur du ravin, la lumière du jour se faisait de plus en plus faible. Maintenant, les garçons avaient de l'eau jusqu'à la ceinture. Icare tenait fermement la main gauche de Chitron. Du pied, ils prenaient appui sur des pierres enfoncées dans le lit du torrent. Le flot les entourait de son vacarme assourdissant.

– Continuons ! cria Chitron hors d'haleine.

Il tenta de faire un demi-pas, mais quand il dégagea un pied de son point d'appui, le courant l'emporta. Icare lui aussi perdit prise. Agrippés l'un à l'autre, ils partirent à la dérive, radeau humain entraîné dans les ténèbres par une eau en furie d'une effrayante blancheur.

– Je te tiens ! cria Icare.

A ce moment-là, il sentit un choc brutal. Le courant déchaîné continua sans eux. Ils avaient atteint la Porte. Le passage entre les parois était si étranglé que deux personnes cramponnées l'une à l'autre ne pouvaient le franchir.

Le flot les maintenait enserrés dans cet étau de pierre et leur interdisait tout mouvement.

Icare regarda en l'air. Il distingua des étoiles, au moins pendant quelques instants. Puis des vagues lui frappèrent le visage. Ils étaient coincés, coincés au fond de l'horreur. Autour d'eux régnait une obscurité rugissante. Tout espoir semblait vain.

Tout d'un coup, l'écume devint plus claire. Un reflet rougeâtre se répandit sur les parois. Talos arrivait, le visage embrasé de colère. Il saisit les deux jeunes gens, les arracha à l'étreinte de la Porte et remonta le courant. Il tenait Icare dans une main et Chitron dans l'autre, et avançait si impétueusement que les vagues bondissaient par-dessus ses épaules. Il ne s'arrêta que lorsqu'il trouva assez de place pour secouer ceux qu'il venait d'enlever au courant, comme s'il voulait sécher deux jeunes chiens.

– Vous croyez peut-être que vous étiez au bout de vos peines ! leur cria-t-il sur un ton plein de reproche. Vous ne vous en seriez pas tirés comme ça !

Puis il les prit dans ses bras et, les pressant contre sa poitrine pour les réchauffer, il les emporta hors du ravin. Andros attendait en haut. Talos lui remit Chitron.

– Occupe-toi de celui-là !

D'un mouvement de tête, il désigna Icare.

– Lui, je l'amène à son père.

*
**

– Qu'est-ce qui s'est passé ? demanda Dédale, effrayé, lorsque Talos entra dans l'atelier portant Icare dans ses bras.

Comme Icare était encore incapable de prononcer un mot, c'est Talos qui parla pour lui.

– Il était dans ce ravin que les Crétois appellent la Porte.

Pendant un instant, Dédale resta sans voix. Puis il s'en prit à Talos :

– Et tu ne l'en as pas empêché ?

– Je l'ai appris trop tard, mais tout de même à temps pour les sortir de là.
– *Les* ? interrogea Dédale, de plus en plus méfiant. Il n'était pas seul ?
– Seul, il aurait été emporté dans la mer. Par chance, ils étaient deux.
– Et qui était le second ?
– Chitron.
– Qu'est-ce que Icare a à faire avec ce garçon ?
– Il voulait être à son côté.
– Quoi ? s'écria Dédale, au côté de ce poltron qui a flanché d'une si piteuse manière ! Dans ses yeux s'alluma la suspicion : Il voulait fuir, n'est-ce pas ?
Talos ne répondit pas.
– Bien sûr ! continua Dédale. Il n'y a pas d'autre explication possible. Et Icare voulait l'aider à s'en aller d'ici... et toi, Gardien, c'était aussi ce que tu voulais !

Talos attendit que Dédale eût déversé sa rage. Puis il dit d'un ton discrètement moqueur :
– Et c'est pour cela que j'ai été les chercher dans le ravin, lui et Chitron.
Dédale lui jeta un regard embarrassé et demanda :
– Où est ce Chitron, maintenant ?

– Là où il doit être. Andros s'est chargé de lui, et moi d'Icare.

– En fin de compte, il faut encore que je te remercie, observa Dédale d'un ton hargneux.

– Ce n'est pas nécessaire, mais si je peux te donner un conseil : ne remue pas trop cette affaire ! Il vaut mieux que ça reste entre nous et que le roi n'en apprenne rien. Comment pourrait-il s'expliquer qu'on a découvert Icare dans le ravin en compagnie d'un otage, si toi-même tu ne comprends pas que cela n'a rien à voir avec une tentative de fuite ?

Sur ces mots, Talos quitta l'atelier.

Icare voulut se mettre debout. Il avait tout entendu. Et il put aussi comprendre que son père disait entre ses dents :

– A quoi ce lourdaud est-il encore bon s'il n'est même pas capable d'empêcher une chose pareille !

Dédale s'aperçut que Icare le regardait et il se tut.

5. A l'endroit de l'arrivée

Pendant quelques jours, Andros avait vainement attendu Icare. Celui-ci finit par venir, encore marqué par son aventure dans le ravin. Dès qu'il le vit, Andros courut à sa rencontre.

– Nous sommes invités !

– Par qui ?

– Par Talos. Il est venu sur notre rocher. « Pour que tu n'attendes pas pour rien », m'a-t-il dit.

– Il est resté longtemps ?

– Il m'a raconté des histoires... jusque tard dans la nuit.

– Et où nous attend-il ?

– A l'endroit de l'arrivée... il paraît que tu sais où ça se trouve.

– Oui, ça, je le sais.

– Il veut faire une fête pour nous dire adieu.
– Où veut-il aller ? demanda Icare avec inquiétude.
– A toi, il te le dira certainement. Viens, allons-y !

Icare demanda des nouvelles de Chitron.
– Il s'en est sorti, répondit Andros.

***

Comme le jour où le Gardien avait salué Dédale et Icare du haut du rocher et avait traîné leur bateau jusqu'au rivage, un repas était préparé sous les oliviers. Comme ce jour-là, les pierres servant de sièges étaient recouvertes de peaux de bête, et il y avait des figues, des olives, des oignons et du fromage étalés sur de grandes feuilles ; mais, cette fois, des poissons frits dans une énorme poêle attendaient les invités.

A la grande surprise d'Andros et d'Icare, il y avait déjà un invité, un homme qu'ils n'avaient encore jamais vu.

Son visage était défiguré par une cicatrice qui lui barrait le front et la joue gauche de la racine des cheveux jusqu'au menton. Ses yeux étaient surmontés d'épais sourcils.

C'est en toute sérénité qu'il observa les deux arrivants.

– « Le Pirate », dit Talos pour faire les présentations. Lui sait qui vous êtes. C'est mon ami, depuis qu'il se trouve sur l'île... Ça fait combien de temps ?

– Un an et demi, répondit le Pirate.

– Mais pourquoi ne nous sommes-nous encore jamais rencontrés ? remarqua Icare, étonné.

– Parce qu'il n'existe pas, rétorqua Talos.

– Il est tout de même là...

– Oubliez-le ! répondit Talos en leur faisant un clin d'œil. Ou plutôt : gardez ça pour vous ! Afin que cela ne vienne pas aux oreilles de celui à qui j'ai déclaré : il n'existe plus, la mer l'a englouti pour toujours.

– Comment ça ? interrogea Icare. Tu as déclaré qu'il s'était noyé ?

– C'est ce qu'il a fait, confirma le Pirate.

– Mais pourquoi ?

– Parce que, sinon, je serais sous la terre quatorze heures par jour ou plus encore.

– Asseyez-vous ! dit Talos à ses invités. Il y a du poisson ; c'est lui qui l'a pêché, de nuit et dans une anse où ne vient aucun autre pêcheur. Servez-vous !

Tous se servirent et mangèrent. Andros et Talos assurèrent au Pirate qu'on ne leur avait jamais servi des poissons aussi bons.

Le Pirate fut très content, et il leur chanta une chanson de pirate. Il avait pris une mine terrible, et sa large cicatrice avait des reflets menaçants.

– Alors, tu es vraiment un pirate ? demanda Andros.

Talos lança un regard à son compagnon :

– Je crois qu'il ne faut pas les torturer plus longtemps. Qu'en penses-tu, Pirate ?

– Dis-leur, toi, ce qui m'est arrivé !

– Eh ! bien, ce n'est pas un pirate.

– Il l'a été, supposa Andros.

– Il s'est trouvé sur un bateau de pirates, un point c'est tout.

– Mais la cicatrice !

– Il la doit à quelqu'un qui l'a pris pour un pirate.

Le Pirate raconta alors ce qui s'était passé. Un jour qu'au large de l'île où il vivait il était en train de pêcher, les pirates avaient soudain surgi, et ils l'avaient pêché à leur tour, sur son propre bateau. Avec des promesses et des coups, ils avaient essayé de le transformer en pirate, mais lui se contentait d'attendre la venue d'un de ces bateaux que le roi utilise pour débarrasser la mer des bandes de pillards. Et un matin, effectivement, un de ces bateaux était apparu à l'horizon. Il avait rattrapé l'embarcation des pirates, et tous, l'un après l'autre, avaient été tués ou vendus comme esclaves. Quant à lui, qui s'en était tiré avec un coup en plein visage, le sort avait voulu qu'on l'envoyât finir ses jours au fond d'une mine.

– Et j'avais beau crier sans arrêt : « Je n'ai jamais été un pirate ! », personne ne me croyait.

– Le voilà qui m'appelle « Personne » ! protesta Talos, écoutez-moi ça ! Enfin, appelle-moi « Personne », je t'y autorise. Et termine ton histoire !

Les deux hommes échangèrent un regard de connivence, et le Pirate poursuivit son récit :

– Donc, Personne m'entendit et Personne me crut. Il me prit à part, comme s'il voulait, lui, le Gardien, me soumettre à un interrogatoire encore plus sévère, et il me chuchota en regardant mon visage déchiré : « Je vois bien que jamais de ta vie tu n'as été un pirate. » Il m'indiqua comment et à quel endroit je devrais m'enfuir quand on me conduirait à la mine ; il m'expliqua qu'il me poursuivrait et me traquerait juqu'à ce que je me jette dans la mer. Donc, arrivé à l'endroit indiqué,

j'ai pris la fuite et il m'a pourchassé en direction de la côte... Là, j'ai sauté du haut d'une falaise.
– C'est du moins ce que j'ai déclaré, fit remarquer Talos.
– Et lui, le Gardien, ils l'ont cru, conclut le Pirate. Ses yeux riaient : C'est ainsi que la mer m'a pris pour toujours.
– Qu'elle t'a retrouvé, corrigea Talos. Et bientôt, ce n'est plus seulement dans des anses perdues que tu pêcheras, mais là où les pirates t'ont mis le grappin dessus.
– Ah ! c'est donc ça l'adieu qui se prépare ! s'exclama Icare, soulagé.
– Mais comment vas-tu atteindre ton île ? voulut savoir Andros.
– En faisant un détour, dit allusivement Talos. Puis il annonça avec un grand sourire : Thésée a tout de suite été d'accord. Je lui ai demandé s'il pouvait emmener le Pirate avec lui, et il est d'accord. Le Pirate sera à bord lorsque vous hisserez les voiles blanches.

Le Pirate se leva.
– Maintenant, il vaut mieux que je me retire dans ma cachette.
Il remercia Talos. Mais le Gardien lui répondit en riant :

– C'est grâce à ton histoire que nous avons passé un bon moment, et ce sont tes poissons qui nous ont rassasiés.

Quand le Pirate fut parti, Talos dit :
– Il a tenu un an et demi, vivant dans la journée comme un blaireau dans son terrier. Nous devons faire attention à ce qu'il ne rencontre pas au dernier moment quelqu'un qui l'aurait vu jadis sur le marché aux esclaves ; son visage n'est pas de ceux qu'on oublie. Ayant fait une pause, il ajouta : Il me serait impossible de l'aider une seconde fois.
– Pourquoi ? demanda Icare avec inquiétude.

Talos ne répondit pas. Son regard se promena sur la mer encore agitée par la tempête qui avait fait rage la nuit précédente et le matin même. A présent la mer s'étendait sous un ciel sans nuages. Le vent s'était calmé, mais des vagues venaient se briser sur les rochers aux deux extrémités de la baie. Là, on voyait des colonnes d'écume blanche s'élever, s'effondrer, puis se reconstituer quelques instants plus tard. Fascinés, Icare et Andros regardaient ce spectacle qu'ils avaient déjà vu cent fois.
– C'est l'homme le plus libre que j'aie rencontré, dit Talos dans un silence que la

mer animait sans vraiment le troubler. La vie, il a réussi à lui montrer les dents sans désapprendre à sourire. Voilà quelqu'un qui tombe entre les mains des pirates, qui est vendu comme esclave, pourchassé comme du gibier, qui perd tout ce qu'il a, bateau et maison, on lui brise même son visage, et que fait-il ? Vous avez vu ses yeux ? Il n'y a qu'un homme heureux pour avoir des yeux pareils. Andros, Icare, cet esclave échappé, ce roi, je vous le confie. Ramenez-le dans son île, dans son royaume ! Nous ne devons pas abandonner cet homme à ceux qui conduisent des êtres humains sur un marché.
– Si Thésée t'a dit qu'il l'emmènerait, tout est réglé, dit Andros.
Talos désigna Icare du regard :
– Emmène-le, lui aussi !

Andros se tourna vers Icare comme s'il attendait de lui une réponse.
– Je vous accompagnerai, dit Icare. Et mon père aussi. Il va aider Thésée à sortir du Labyrinthe.
– Il te l'a dit ? demanda Talos avec étonnement.
– Il s'est écarté de Minos, expliqua Icare.
– Mais c'est à lui que Minos doit d'être encore sur le trône !

– C'est donc vrai ?

– Ton père a changé ici beaucoup de choses, répondit Talos. Le premier Minos, celui qui m'a chargé de ma fonction, se rendait tous les neuf ans dans la caverne du Zeus crétois pour tenir conseil avec lui. Il en revenait rajeuni et gouvernait avec sagesse. Plus tard, la coutume voulut que chaque roi abdiquât au bout de neuf ans pour laisser la place à un nouveau roi. Ainsi, le roi de Crète, tout comme son île, était toujours jeune... C'est là le secret de la royauté, et tous en avaient connaissance. C'est alors que Dédale vint. Pour Minos, qui venait d'accéder au trône, il construisit un nouveau palais, un nouveau sanctuaire... et le Labyrinthe. Et lorsque approcha le jour où Minos devait s'en aller, Dédale lui dit : « A quoi bon ce changement ? Pourquoi veux-tu abdiquer alors que tu détiens tout le pouvoir ? » Minos fit observer que ses prédécesseurs avaient tous volontairement cédé le trône à un plus jeune, et il demanda à Dédale comment il pourrait se justifier devant le peuple. Dédale lui répondit alors : « Si tu es assez fort pour te débarrasser d'usages périmés, nul n'osera se révolter contre toi. » C'est ainsi que ce Minos s'accrocha au pouvoir, et il ne remarqua pas qu'en agissant de la sorte il perdait son immortalité. Car maintenant, il va devenir fragile et sa puissance va s'effondrer. Il ne s'aperçoit pas de la supercherie et continue de régner en étant dépendant de Dédale. De crainte qu'on le considère comme un roi qui a trahi la Crète et redoutant qu'on attente à ses jours, Minos a écouté le conseil de Dédale et s'est constitué une garde qui l'entoure jour et nuit. Il est devenu prisonnier de sa peur et se méfie de tous.

– Y compris de mon père, déclara Icare. Puis il jeta à Talos un regard interrogateur : Que penses-tu de Dédale ?

– Tu sais qu'il ne m'aime pas. Il me juge dépassé. Et il a raison.

Icare voulut le contredire, mais Talos poursuivit calmement :

– Mon temps est révolu. C'est le tour de gens comme ton père. Il bâtit des fontaines à ailes, invente de nouveaux outils, construit des machines. On ne peut pas le retenir. Il suit son chemin. Chacun doit suivre son chemin.

– Mais son chemin n'est pas le mien, observa Icare.

– Toi, suis le tien !

– Mais il veut me forcer à...

– Suis ton chemin ! répéta Talos. Chacun doit suivre son chemin.

A l'entrée de la baie, on ne voyait plus s'élever de colonnes d'écume ; le ressac s'était calmé. La nuit tomba vite. Le rougeoiement du foyer se renforça, ravivé par l'obscurité.

Soudain reparut le Pirate. Il s'assit, les yeux fixés sur le feu.
– Il faut que je te dise quelque chose, Talos, j'ai réfléchi.
– Dis-moi ce qui te tourmente.
– Je ne veux pas m'en aller. Je ne peux pas me séparer de toi.
– Ne me déçois pas ! dit Talos. Tu commettrais une erreur en restant ici.
– Pourquoi ?
– Parce que moi aussi je m'en vais.
– Où ça ? demanda Icare d'un air consterné.
Talos le regarda par-dessus le feu qui répandait sa clarté dans les ténèbres.
– Disons, dans un autre pays.
– Dans quel pays ?
– Quelle question ! lui répondit Talos sur un ton de remontrance. Disons : dans le soleil. Ou dans la mer.

Brusquement, Talos étendit le bras et montra quelque chose dans l'eau.
– Regardez comme ça brille !

L'eau était animée d'un scintillement très vif.

– Merveilleux ! s'exclama Talos. C'est justement ce qu'il me fallait, cette braise froide ! Je vais la faire s'enflammer !

Il se leva, ôta son vêtement de ses épaules, défit sa ceinture et se débarrassa de son pantalon et de ses sandales.

– Je vais mettre la mer en feu. Vous pouvez m'aider. Vous aussi, enlevez vos habits, venez dans l'eau et faites comme moi !

Il parlait d'un ton si impératif que le Pirate, Andros et Icare ne purent que s'exécuter : ils se déshabillèrent et suivirent Talos dans la mer. A chacun de leurs pas, le scintillement devenait encore plus vif.

– Il faut que ça flambe ! s'écria Talos.

Et il se mit à attiser la mer à coups de poing. Il lançait les bras en l'air et frappait l'eau, plongeait puis rejaillissait au milieu d'un incendie de lueurs sauvages.

Les autres l'imitèrent. Ils avaient déjà vu des feux follets sur la mer, mais aucun d'eux n'avait assisté à un pareil tumulte, à ce flamboiement effréné, à ce véritable tourbillon d'étincelles. La mer semblait être en flammes, et les quatre hommes donnaient libre cours à leur joie, à leur profonde tristesse. Chacun voyait l'autre paré d'ailes éclatantes de lumière, d'ailes qui s'évanouissaient en gerbes d'étincelles et qui réapparaissaient à chaque plongée, vertes et flambantes.

– Revenons à terre ! dit soudain Talos dans un éclat de rire.

En s'ébrouant, les autres lui obéirent.

Une fois de nouveau assis sous les oliviers, le Gardien dit au Pirate :

– Cette mer est prodigieuse ! Voilà qu'elle nous donne des ailes lumineuses ! Retourne dans ton île ! Tu verras que là-bas aussi c'est comme ça !

Puis il se tourna vers Icare :

– Et toi, découvre-la sur le rivage où tu es né !

Enfin, il s'adressa à Andros :

– Emmène ce jeune Crétois à Athènes ! Sa place n'est pas ici. Il ajouta d'un air mystérieux en regardant Icare :

– Qui sait où nous nous rencontrerons la prochaine fois ? Il aurait déjà été bien difficile de prévoir qu'un arbre tout rabougri était capable de se transformer en centaure !

Sur ces mots, il tira de son sac de peau le coquillage qui lui servait de corne.

6. Le fil d'or

Dédale réveilla Icare au milieu de la nuit.

Dans une main, il tenait une lampe ; dans l'autre, un objet sphérique brillant d'un éclat si vif que Icare crut d'abord que son père l'éclairait avec deux lampes.

– Thésée emportera ça avec lui dans le Labyrinthe, c'est ce qui va le sauver, déclara Dédale.

« Une boule en or ! » pensa Icare, et il se représenta cette boule au scintillement magique en train de rouler devant Thésée dans les couloirs du Labyrinthe afin de le conduire jusqu'au monstre et de le ramener au grand jour. Il était tellement persuadé que les choses allaient se passer ainsi qu'il dit à son père :

– Espérons qu'elle ne va pas rouler trop vite devant lui, cette boule !

Dédale eut un sourire d'indulgence.

– Rêveur que tu es, ce n'est pas une boule. Regarde bien !

Icare s'aperçut alors que c'était une pelote d'un fil très fin aux reflets dorés.

Dédale expliqua :

– Thésée attachera un bout à l'entrée de la caverne et dévidera le fil derrière lui à mesure qu'il s'enfoncera dans le Labyrinthe.

– Mais comment fera-t-il pour trouver le Minotaure ? demanda Icare.

– Il n'aura qu'à le laisser venir à sa rencontre.

Il mit la pelote sous une couverture et posa la lampe sur la table. Puis il reprit :

– Jamais le Minotaure ne peut patienter jusqu'à ce qu'on le trouve ; il vient toujours au-devant de celui qui le cherche... juste assez près pour le flairer. Alors commence la grande partie de cache-cache. Le Minotaure rugit pour dire : « Je suis là », vérifie que les pas se rapprochent, puis recule dans le Labyrinthe, rugit à nouveau, tend l'oreille, et conduit peu à peu sa victime à l'endroit où les choses deviennent sérieuses. Mais cette fois, il se repliera plus vite que d'habitude, alarmé par un bruit de pas différent de ceux qu'il a pu entendre. Car il a de bonnes oreilles. Une chose pourtant lui échappera : c'est que Thésée va dérouler derrière lui un fil auquel est suspendu sa vie. Ce fil donnera à Thésée l'assurance dont il a besoin pour combattre. Et ainsi, nous jouerons aussi un rôle dans le dénouement de cette lutte.

Quel spectacle stupéfiant pour Icare : son père tenait dans la main de quoi garantir à Thésée qu'il ne se perdrait pas dans le Labyrinthe !

– Il m'a fallu beaucoup de nuits pour filer un fil aussi long que le Labyrinthe, avoua Dédale.

– Quand vas-tu lui donner la pelote ? demanda Icare, pâle d'émotion.

– Ce n'est pas moi qui vais le faire.

– Qui alors ?

– Ariane. Et c'est toi qui la lui remettras.

– Pourquoi pas toi ?

– Peut-être que Thésée me repousserait, car pour lui, je reste un homme condamné par l'Aréopage. Il faut qu'il considère ce fil comme le fil d'Ariane, celui qui lui permettra de la retrouver. Elle l'aime, Icare, depuis qu'elle l'a vu prendre la défense de Chitron dans la Grande Cour.

– Alors, que ce soit toi qui donne la pelote à Ariane ! supplia Icare.

– Non, répondit fermement Dédale. C'est toi

qui t'en chargeras. Elle te fait confiance et acceptera sans difficulté de laisser croire à Thésée que c'est elle, et non pas moi, qui a imaginé tout cela.
– Pourquoi ce mensonge ? interrogea Icare d'un ton abattu.

Dédale se mit en colère.
– A quoi bon parler de mensonge ? Faut-il tout faire échouer à cause de ta sensiblerie ? Montre enfin que tu es capable d'agir, que tu es le fils de Dédale ! Il me faut ta parole que tu remettras la pelote à Ariane... et que tu lui indiqueras mon plan !
– Quel plan ?
– Pour fuir. Tout doit aller très vite : il ne faut pas que Minos ait le temps de réagir après le coup qui va le frapper. Il est sournois, et ne respecte pas ses engagements ; il serait capable du pire si Ariane lui déclarait que sa place est auprès de Thésée et qu'elle a décidé de l'accompagner à Athènes.
– Que sais-tu de ses projets ? demanda Icare au comble de l'énervement.
– Je ne suis pas aveugle. Et je crains que son père se soit lui aussi aperçu qu'il y a quelque chose entre elle et Thésée. Il esquissa un sourire : Il faut vraiment être très malin pour ne pas éveiller de soupçons. Que nous

puissions, nous aussi, nous trouver sur le bateau qui retournera à Athènes, Minos n'y songe pas, même en rêve.

– Thésée nous emmènera ? En es-tu bien sûr ?

– Ça, j'en fais mon affaire ! répondit Dédale. Tout doit se dérouler comme je l'ai prévu. Dès que Thésée reviendra du Labyrinthe, il montera dans le bateau avec Ariane et les otages, afin de quitter la Crète... avant que Minos puisse tuer lui-même les Athéniens à la place du Minotaure. A ce moment, Ariane révélera à Thésée qui lui a procuré la pelote dorée. Je pourrai alors me présenter devant lui en toute confiance et remettre dans ses mains ton destin et le mien. Crois-moi, Thésée n'est pas un ingrat.

– Ô père ! Icare se jeta contre la poitrine de Dédale. Nous allons retourner à Athènes !

– Calme-toi ! Le coup ne peut pas rater. Mais surtout ne dis pas à Ariane que nous voulons quitter la Crète ! Ça, c'est moi qui le dirai à Thésée... quand tout sera joué définitivement.

⁂

Le lendemain, à l'heure où il avait l'habitude de retrouver Ariane, Icare monta en haut de la colline, jusqu'aux trois arbres à l'ombre desquels se trouvait la demeure du serpent. La pelote était cachée dans un sac qui n'attirait guère l'attention, car les bergers et les paysans en portaient un du même genre en bandoulière.

Icare était accablé de doutes. Depuis qu'il s'était réveillé, sa joie n'était plus si entière : une idée obsédante s'était nichée en lui.

Ariane le dévisagea avec inquiétude.

– Qu'est-ce qui t'arrive ?

– Tout va bien, dit-il comme s'il récitait une formule. Le coup ne peut pas manquer, mon père l'a dit.

Icare ouvrit le sac et laissa Ariane y jeter un coup d'œil. Mais lorsqu'elle voulut prendre la pelote, il l'en empêcha.

– Personne ne doit la voir en dehors de toi et de moi.

– Assieds-toi et dis-moi ce que tu as à me dire !

Ils s'assirent. Maintenant, ils étaient à l'abri des regards.

– Qu'est-ce que c'est que cette pelote ?

– Le fil d'Ariane, assez long pour parcourir tout le Labyrinthe.

– Donc, ce n'est pas pour moi... mais pour lui !

– Il attachera le fil à l'entrée et le dévidera

derrière lui. Au retour, il sera impossible qu'il se perde.
– Ô Icare ! (Ariane attira Icare contre elle et le couvrit de baisers.) J'avais si peur pour lui ! Et voilà que tu m'apportes ce fil. Comment n'y ai-je pas pensé : un fil qui s'étire à travers le Labyrinthe !

Elle posait à Icare des questions sans lui laisser le temps d'y répondre et se reprochait de ne pas avoir eu confiance en Dédale.
– Mais pourquoi ton père ne lui donne pas lui-même la pelote ?
– Il ne faut pas que Thésée sache qu'elle vient de Dédale, pas avant qu'il soit sur le bateau avec les otages, et avec toi.
– Comment sais-tu que je...
– Mon père l'a dit.
– Je n'aurais jamais osé espérer qu'il se mette de notre côté.
– Il a ses raisons pour le faire.
Ariane ne voulut pas en savoir davantage.
– Ton père nous aide... Je ne m'occupe pas du reste.
Mais Icare ajouta :
– C'est tout de même un traître, et c'est ton père qu'il trahit.
Ariane le contredit énergiquement :
– Non, Icare, ce n'est pas un traître. Il sait

que mon père ne laisserait pas partir les otages si Thésée restait dans le Labyrinthe. Et moi aussi, il me retiendrait. Nous sommes obligés de fuir, nous n'avons pas le choix. Elle prit le sac contenant la pelote : Je t'envie d'avoir un père comme le tien, ajouta-t-elle d'une voix passionnée.

Alors Icare lui transmit tous les détails du plan de fuite, et elle écouta avidement.

***

– Comment Ariane a-t-elle accueilli tout cela ? demanda Dédale au retour d'Icare.

– Tu peux avoir confiance en elle.

– Lui as-tu dit que Thésée ne devait être mis au courant que lorsqu'il serait sur le bateau ?

– Je le lui ai dit.

– Et qu'il ne faut pas perdre de temps. Le bateau doit prendre la mer aussitôt.

– Tu peux te fier à elle, répéta Icare. Elle m'envie d'avoir un père comme le mien et elle ne te considère pas comme un traître.

– Est-ce que toi tu me considères comme un traître ?

Icare ne répondit pas.

– Écoute ! lui dit Dédale. Il y a une chose que je veux t'expliquer : tout ce qui ressemble à de l'infidélité n'est pas de la trahison. Je n'ai pas trahi Égée lorsque je suis parti d'Athènes. C'est un roi pitoyable qui ne rechigne même pas à payer un tribut en êtres humains. A mes yeux, ce n'est pas un roi, et le quitter n'est pas commettre une trahison.

– Et Minos ? N'a-t-il pas fait beaucoup pour toi ?

– Il m'a laissé les mains libres, c'est vrai, et on aurait pu croire qu'il allait s'élever au-dessus des autres. Mais il se consume en une haine insensée et il gaspille sa force. Thésée le vaincra, il l'a déjà vaincu. Si Minos avait la force de me retenir, il ne me perdrait pas.

Icare garda le silence.

– Pourquoi ne dis-tu rien ? Tu ne m'écoutes même pas ! lui lança son père d'un ton agressif.

– Je pensais à Kalos, répondit alors Icare. Et comme Dédale le regardait d'un air mécontent, il se hâta d'ajouter : Je te crois quand tu me dis que tu n'es pas coupable de sa mort. Ils vont t'acquitter, sur l'Aréopage, et c'est justice... mais il nous manquera !

– Il y aura Andros sur le bateau, dit Dédale.

Soudain, Icare se leva et sembla écouter attentivement quelque chose.

– Qu'est-ce que tu as entendu ? demanda Dédale, inquiet.
– Comme un grondement.
Dédale tendit lui aussi l'oreille.
– Tu t'es trompé, dit-il. On n'en est pas encore là.

7. Le Minotaure

Cela commença deux jours plus tard. Vers le soir, la ville fut ébranlée par une violente secousse qui fit aboyer les chiens, sursauter les hommes et s'envoler les oiseaux dans un grand bruit d'ailes. Les lampes furent renversées, les tables bougèrent, des plafonds s'effritèrent et sur plusieurs murs apparurent des lézardes. Dans l'atelier où se trouvaient Dédale et Icare, on entendit les outils s'entrechoquer.

Effrayé, Icare regarda son père.

– C'était lui, annonça Dédale. Il s'est réveillé.

Le choc fut suivi d'un grondement semblable à celui du tonnerre, puis s'apaisa pour faire place à un calme sinistre.

– C'est toujours comme ça ? demanda Icare au milieu de ce silence angoissant.

– On ne peut jamais savoir ce qu'il va faire. Parfois, il gronde pendant des jours avant de s'abandonner à sa fureur, mais jamais à ce point. Il a dû se dresser d'un bond et se mettre tout de suite à frapper comme un fou autour de lui. (On aurait dit que Dédale venait d'être libéré d'une charge.) Peut-être a-t-il rêvé de Thésée.
– Mais comment peut-il le connaître ?
– Oh, le Minotaure flaire les hommes de loin ! affirma Dédale. On dit même qu'il flaire leurs pensées. Il fallait bien qu'il flaire celui qui va mettre fin à ses jours !
– Tu es sûr que Thésée en viendra à bout ?
– Je les connais tous les deux, répondit Dédale.

Nulle part la secousse n'avait été aussi forte qu'à l'entrée du Labyrinthe et dans les logements des sauteurs de taureaux. Thésée se tenait prêt à intervenir depuis le jour où Ariane lui avait remis la pelote dorée.
– Ça y est, dit-il à ses compagnons. Il donna l'ordre à tous de se rendre sur le bateau, à l'exception d'Iménès. Il les rejoindrait plus tard en compagnie de ce dernier.
– Dès que j'aurai fini mon travail. Plus rien ne nous retiendra ici.

Il chargea Éris, l'une des jeunes filles, de

s'acquitter d'une mission particulière : elle devait remettre à Ariane les vêtements qu'avait portés Aglaïa. A Andros, il confia le soin de s'occuper du Pirate.

Thésée se dirigea vers le Labyrinthe. Les douze virent s'éclairer la fente obscure qu'il y avait dans le rocher quand Thésée s'en approcha muni de la lampe que Dédale lui avait donnée.

A l'entrée, Thésée enleva son manteau, puis il pénétra dans le Labyrinthe. Au même instant, il y eut un grondement venu des profondeurs de la caverne. Le bruit s'arrêta, recommença plusieurs fois suivant un rythme de plus en plus précipité. Les hommes se ruèrent hors de leurs maisons. Les enfants se cramponnaient en hurlant à leurs parents. Moutons, chèvres et bœufs se pressaient les uns contre les autres avec des bêlements et des meuglements affolés. Seul le ciel, rempli d'étoiles, restait muet, trop éloigné pour qu'aucun bruit puisse l'atteindre.

De violents coups de vent s'abattirent des montagnes et déchaînèrent une tempête qui vint mettre fin à la tranquillité de la mer. Les rafales faisaient gémir les forêts, arrachant des arbres qui s'y dressaient depuis plus de cent ans. Et celui qui regardait vers le ciel sombre et sans nuages put y voir vaciller les étoiles.

Dès la première secousse, Minos s'était rendu dans le sanctuaire. Ceux qui le rencontrèrent furent surpris de son attitude : il marchait d'un pas allègre, comme s'il venait de recevoir une nouvelle longtemps attendue.

Il laissa sa garde dans la Grande Cour et donna l'ordre au capitaine d'aller chercher Dédale. Ensuite, il se retira dans la salle du trône.

Dédale vit tout de suite que cette mine pleine de confiance n'était qu'un masque : Minos avait le visage en feu, mais sous ce feu, c'était la cendre. Dédale en avait la certitude, Minos l'avait fait appeler parce qu'il ne supportait pas d'être seul. Il se comporta toutefois comme si le roi lui accordait une distinction en le faisant venir auprès de lui en un pareil moment, et en plus dans cet endroit.

Le grondement s'amplifia.

– Le Minotaure l'a vu, commenta Dédale. Maintenant, il l'entraîne à l'endroit où il va lui montrer que c'est lui le maître du Labyrinthe.

– Pourquoi attend-il si longtemps et n'attaque-t-il pas tout de suite Thésée ?
– Il veut l'user.
– Qui veut user qui ? demanda Minos avec énervement.

Le ton sur lequel lui parlait Dédale lui déplaisait. Dédale poursuivit :
– On en est encore à un moment où chacun croit être le plus fort ; chacun considère l'autre comme son jouet.
– Pourquoi ne fonce-t-il pas sur lui pour le piétiner ? Il faut qu'il se décide à agir ! exigea Minos.

Une nouvelle secousse fit trembler le sol. Elle fut suivie d'un long grondement, comme si, dans les profondeurs, la foudre venait de produire une formidable décharge. Puis il y eut un silence tel que Dédale lui-même retint son souffle.

– Qu'est-il arrivé ? demanda le roi au comble de l'excitation.

Dédale leva une main pour le faire taire et tendit l'oreille.
– C'est fini ?

Dédale proposa d'ouvrir la trappe qui donnait accès à l'escalier.
– Fais-le donc !

Ayant poussé la dalle, Dédale écouta attentivement.

– Eh bien ! Qu'y a-t-il ? interrogea Minos avec véhémence.

– Il continue de reculer. Apparemment, il a essayé de se précipiter sur l'intrus pour le renverser, mais c'est le rocher qu'il a heurté, et non Thésée. Il ne devrait pas faire une chose pareille.

– Qu'est-ce qu'il ne devrait pas faire ?

– Il ne devrait pas se laisser entraîner à attaquer Thésée là où il n'a pas assez de place pour prendre de l'élan avec ses cornes, expliqua calmement Dédale.

Minos serra les poings à en faire saillir les os.

– Nous devons lui venir en aide, déclara-t-il d'une voix haletante. Toi, il t'écoute. Dis-lui ce qu'il doit faire !

– Ce serait contraire à toute tradition, objecta Dédale.

Alors Minos se mit à vociférer.

– Que cet homme-là soit venu d'Athènes, sans avoir été appelé, sans que le sort l'ait désigné, ça, c'est contre toute tradition ! Ayant un peu adouci le ton, il continua en ayant du mal à se dominer : Tu auras tout ce que tu voudras si tu descends près du Minotaure pour l'aider.

– C'est bon, dit Dédale. Je vais le faire.

Au moment où il se préparait à emprunter l'escalier, un bruit effrayant déchira le silence, comme si le Labyrinthe explosait.

– Son cri de mort, annonça Dédale. Il est mort.

– Qui ?

Minos était blanc comme un linge.

– Thésée ne crierait pas, répondit Dédale sans quitter Minos des yeux.

Alors, le roi porta la main à sa poitrine et tomba en avant. Dédale le rattrapa et le coucha sur le sol. Il contempla longtemps ce roi qu'un cri avait jeté à terre. Il sentit en lui s'éveiller du mépris : Minos lui paraissait encore plus lamentable que Égée.

Et soudain, Dédale eut une idée qui lui fit voir les choses sous un jour nouveau. Comme il serait déraisonnable d'abandonner à un pareil monarque un pays plus prestigieux et plus prospère que tous les autres ! Cette mauviette couronnée, il pouvait lui, Dédale, en faire l'instrument de tous ses projets et devenir le véritable maître de l'île...

Dédale referma soigneusement la trappe, sortit dans la Grande Cour et, ayant fait signe au capitaine de la garde de s'approcher, lui demanda de le suivre dans la salle du trône.

Le capitaine le regarda d'un air inquiet.

– Je n'en ai pas le droit.

– C'est un ordre ! lui dit Dédale sur un ton tel que le capitaine supposa que cet ordre venait du roi.

Il fut d'autant plus stupéfait lorsqu'il vit Minos étendu sur le sol. A ce spectacle, le capitaine s'arrêta, pétrifié.

– Ne t'inquiète pas, le rassura Dédale ; le roi va revenir à lui. Le cri de mort l'a touché trop profondément.

– Alors, le Minotaure est...

– Mort, acheva Dédale comme le capitaine hésitait à prononcer ce mot. Nous devons emmener le roi dans son palais. Envoie chercher une civière !

– Mais le peuple est dans la rue, fit observer le capitaine. Beaucoup de gens vont voir ce qui se passe...

Dédale l'interrompit.

– Nul ne dira qu'il a vu le roi dans un état de défaillance. Il toisa le capitaine avec insistance : Est-ce que toi, par hasard, tu l'as vu évanoui ?

– Non, répondit le capitaine, intimidé.

– Et tes hommes, diront-ils le contraire ?

– Non, bien sûr que non.

– Eh bien, emmenons le roi dans sa demeure !

Un peu plus tard, entouré par sa garde comme par une haie mobile, Minos fut conduit jusqu'à son palais. Ils passèrent devant un grand nombre de personnes qui avaient quitté leurs maisons à la première secousse et qui attendaient dehors la suite des événements. En entendant le cri jailli des profondeurs, ils n'avaient pas douté un seul instant que Thésée venait de tuer le Minotaure. Et lorsqu'ils virent qu'on emmenait quelqu'un sur une civière entourée par les gardes du roi, le bruit que le roi de Crète était mort lui aussi se répandit comme une traînée de poudre.

Dédale laissa Minos veillé par ses deux médecins personnels. Ceux-ci avaient assuré que le roi mettrait du temps à se rétablir, mais qu'il surmonterait cette défaillance au cours de la journée. Dédale fit promettre au capitaine de la garde de ne laisser personne s'approcher du roi et de l'avertir dès que ce dernier serait revenu à lui.

Ce n'est qu'ensuite qu'il se rendit chez lui.

***

– Est-il arrivé quelque chose au roi ? demanda Icare.

– Exactement ce à quoi je m'attendais, répondit Dédale. Le cri d'agonie du monstre l'a touché au cœur. D'un geste, Dédale montra le palais : Il est en face, couché.

Dédale s'assit.

– Voilà qui nous arrange.

– Ça oui.

– Où peut être Thésée maintenant ?

– Très certainement sur le chemin du port.

– Et Ariane ?

– Nul ne la retiendra quand elle va rejoindre le bateau.

– Et nous, pourquoi ne partons-nous pas ? demanda Icare, déconcerté par le comportement de son père.

Cela faisait des jours que ce dernier avait préparé son bagage pour s'enfuir, et voilà qu'il ne faisait rien pour se mettre en route.

– J'espère que tu n'as pas parlé à Ariane de notre intention de revenir à Athènes avec Thésée ?

Dédale avait posé cette question sur un ton qui rendit Icare méfiant.

– Non... mais qu'attendons-nous ?

– Je voulais partir, dit alors Dédale, j'y étais fermement décidé.

Icare se leva d'un bond :

– Et plus maintenant ?
– Non.
– Pourquoi, non ?
– Plus tard, je t'expliquerai.

Icare vit que son père s'était tourné avant de dire :

– Ce serait une erreur de ne pas rester auprès de Minos.

Icare le considéra, incapable de comprendre les mots qu'il venait de proférer.

– Mais tu t'es rallié à Thésée, tu disais que ce roi de Crète est un faible !

– Je ne savais pas à quel point il est faible, répondit Dédale. A présent, j'ai vu combien il est facile d'avoir prise sur lui. Il a suffi d'un cri pour le faire tomber ; oui, il s'est renversé comme un arbre qui meurt et que ses racines ne retiennent plus. En le voyant étendu devant moi, j'ai soudain compris où est ma place : c'est ici. Il n'y a qu'ici que je suis au service d'un roi qui fera ce que je lui dirai de faire. Je me suis arrangé pour que beaucoup de gens le voient dans ce moment de défaillance. Il va prendre peur lorsqu'il se réveillera dans son palais ; il me fera appeler et me demandera : « Comment suis-je arrivé ici ? » Et je ne lui cacherai pas la vérité. A partir de ce moment-là, j'aurai plus de pouvoir sur lui que je n'en ai eu jusqu'alors.

C'est lui à l'avenir qui sera le second, pas moi. Comprends-tu, maintenant, pourquoi j'ai renoncé à cette idée de fuite ?

Il avait parlé à son fils sans le regarder. Mais il s'aperçut soudain que Icare était pâle comme un mort et que ses lèvres tremblaient.

– J'imagine combien ta déception est grande, dit Dédale en songeant au moyen de rendre son fils plus compréhensif. Mais crois-moi : lorsque j'ai abandonné ce projet, je ne pensais pas seulement à moi. Un jour, c'est toi qui reprendras à ton compte ce que j'ai acquis en luttant.

– Non, répondit Icare.

– Comment ? s'irrita Dédale. La perspective d'être un jour plus puissant que tout le monde ne signifie rien pour toi ?

– Non, répéta Icare d'un ton catégorique.

Son père voulut le prendre par les épaules, mais Icare l'évita en reculant.

– Écoute, Icare, l'adjura son père, tu reverras Athènes. Là-bas, on nous accueillera les bras ouverts quand il sera temps pour nous d'y revenir ; car, dans cette cité, celui qui sera alors au pouvoir sera quelqu'un qui me doit la vie. Un fil d'or nous relie à Thésée. Il nous recevra comme l'un des siens. Je te promets que notre premier voyage nous conduira à Athènes.

Dédale attendait que Icare dise quelque chose, mais celui-ci resta muet. Il regardait son père avec horreur, comme si c'était le Minotaure qu'il avait devant lui.

8. La preuve

Au moment même où Thésée, tenant dans la main gauche la touffe de poils qu'il avait arrachée sur le front du Minotaure, arrivait au port avec Ménandre sous les acclamations des Athéniens et aussi des Crétois, quelqu'un à qui personne ne pensait s'approchait du Labyrinthe. Il s'était introduit furtivement dans le logis abandonné par les sauteurs et y était resté caché jusqu'à ce qu'il pût être sûr que nul ne le gênerait dans l'exécution de son projet. Il voulait simplement jeter un coup d'œil dans la demeure du monstre mort, s'avancer juste assez loin dans ces lugubres couloirs pour pouvoir dire ensuite : « J'ai été le premier à y aller après Thésée, le seul Crétois à m'y être aventuré, moi... Simnis. »

Il s'était chargé d'une brassée de torches.

Ce ne fut que lorsqu'il eut avancé, en tâtonnant, jusqu'à l'extrémité du long couloir qu'il alluma la première. Il chercha à s'orienter et ne vit de toute part que du rocher. Une fente s'ouvrait dans le roc ; il y enfonça la torche enflammée, comme dans la gueule d'un animal ; elle était désormais solidement fixée.

Simnis tendit l'oreille. Il régnait un silence de mort. Ce calme inquiétant lui plut.

Il se dit que personne avant lui n'avait pu l'entendre ; à tous ceux qui avaient pénétré ici, le Minotaure avait souhaité la bienvenue ; à chaque fois, en s'éveillant, il avait mis fin au silence.

Le couloir se divisait maintenant en trois branches dont les trois entrées avaient toutes les mêmes dimensions. Simnis choisit le couloir du milieu, celui qui était le plus éclairé par la lueur de sa torche. Il arriva bientôt à un tournant : il dut allumer une seconde torche pour pouvoir continuer son chemin. Il aperçut dans le roc une seconde fente en forme de gueule, qui semblait prête à jouer le même office que la première. Ayant allumé une troisième torche, il continua d'avancer, dévoré de curiosité. Mais un peu plus loin, il vit devant lui un gouffre béant. Il s'agenouilla, tendit le bras pour s'éclairer et regarda ; mais il lui fut impossible de distinguer le fond de l'abîme.

Alors il recula, se releva et rebroussa chemin pour prendre le couloir de gauche. Lorsqu'il arriva à l'embranchement, il fut épouvanté : la gueule taillée dans le rocher avait laissé tomber la seconde torche ; le bout enflammé s'était détaché en heurtant le sol et n'était plus qu'un morceau de braise. Simnis le piétina pour l'éteindre.

« On ne peut pas se fier à ces torches ni à ce rocher », se dit-il, furieux. Le silence dans lequel il était enfermé lui paraissait maintenant menaçant. Il posa à terre son paquet de torches, en alluma une en plus de celle qu'il tenait déjà dans une main et, s'éclairant ainsi, parcourut en sens inverse le long couloir par lequel il s'était introduit dans le Labyrinthe.

Alors qu'il s'approchait de la sortie, il vit quelque chose briller à la lumière des torches.

« De l'or ! » pensa Simnis.

Il se pencha et regarda ce que c'était. Un fil !

Enroulé autour d'un morceau de rocher, c'était un fil doré, qui avait été noué.

Intrigué, Simnis appuya les deux torches contre la paroi et ramassa le fil. Jamais encore il n'avait tenu un fil si fin entre ses doigts.

Il le retourna dans tous les sens.

Aucun doute : quelqu'un avait arraché le fil violemment. Un éclair traversa l'esprit de Simnis : ça ne pouvait être que Thésée. Une fois dans le Labyrinthe, il avait noué ce fil autour du rocher et avait laissé derrière lui cette trace scintillante qui ne pouvait manquer de le reconduire vers la sortie.

Mais qui pouvait bien lui avoir donné ce fil ?

Simnis réfléchit fiévreusement. Soudain, il eut devant les yeux l'image d'Ariane, il revit l'expression de son visage quand elle avait regardé Thésée s'approcher de lui, Simnis, et lui ordonner de lâcher Chitron. Ariane ! C'est elle qui avait filé ce fil. Qui d'autre sinon ? Simnis en était maintenant certain : il venait de faire une découverte qui lui permettrait de se venger de Minos, de ce roi qui l'avait trahi, lui le serviteur à l'obéissance aveugle, et qui l'avait traité comme un détritus, comme un élément qu'il fallait éliminer parce qu'il gênait.

D'avance, Simnis savourait sa vengeance. Il était en mesure de prouver au roi que c'était sa propre fille qui l'avait privé d'un triomphe sur Thésée.

Les mains tremblant d'excitation, il détacha le fil scintillant. Après avoir éteint les torches il parcourut en tâtonnant les derniers mètres du couloir et sortit du Labyrinthe.

Tout était obscur mais, en levant les yeux, il vit des étoiles et sut qu'il était de nouveau à l'air libre. Un nouveau soupçon s'éveilla en lui quand il longea l'arène. L'idée de dérouler un fil dans le Labyrinthe était simple et, en même temps, prodigieuse. Il n'y avait qu'une personne en Crète pour imaginer des choses à la fois simples et prodigieuses, telles que des fontaines à ailes ou des perçoirs : Dédale !

Non, ce n'était pas Ariane, c'était Dédale qui avait manigancé tout cela. Ariane, elle, avait confectionné le fil. Simnis était convaincu d'avoir découvert par hasard un véritable complot.

Dans une illumination, il comprit que ces êtres qu'il haïssait depuis l'humiliation qu'il avait subie dans la Grande Cour se trouvaient maintenant à portée de ses coups.

Simnis se laissa le temps d'agir. Marchant

dans la nuit d'un pas tranquille, il alla jusqu'au port qui s'offrait, désert, à la lumière des étoiles. Sur la jetée, à l'endroit où s'était amarré le bateau des Athéniens, un homme accroupi marmonnait dans le vide. Simnis s'approcha de lui et vit que c'était un vieillard qui avait bu. Il n'arrêtait pas de répéter les mêmes mots :

– Il y en avait sept, pas six, je suis tout de même encore capable de compter jusqu'à sept.

– Qu'est-ce que tu grommelles, demanda Simnis.

– Il y en avait sept, pas six...

Simnis l'interrompit :

– Et pourquoi ne devrait-il pas y en avoir sept ?

Sans lever les yeux, le vieux répondit :

– Parce que l'une d'entre elles n'est plus en vie ! Parce que ce bourreau — comment s'appelle-t-il déjà ? — l'a poussée à se tuer.

Simnis empoigna l'homme par les épaules.

– Tu dis qu'il y avait sept jeunes filles, pas six ?

– Je suis encore capable de compter jusqu'à sept, dit l'autre avec entêtement en se secouant pour se libérer de l'étreinte de Simnis. Mais, au fait, qui es-tu ? Que veux-tu de moi ?

Simnis sentit qu'il devait agir prudemment s'il voulait faire dire à cet homme ce qui le troublait à ce point.
– Tout de même, je les ai comptés moi aussi lorsqu'ils sont montés sur le bateau, dit-il, et j'ai compté six garçons.
– Sept avec Thésée, déclara le vieux.
– Avec Thésée, sept, concéda Simnis. Mais les filles, il ne pouvait y en avoir que six puisque l'une d'entre elles n'est plus en vie, cette — comment s'appelait-elle déjà ? — Aglaïa.
– Aglaïa, tu as raison ! Le vieux hocha la tête avec conviction : Elle s'appelait Aglaïa. (Il se leva brusquement.) Et maintenant, je sais ce qui s'est passé : Thésée l'a rappelée à la vie. Quelqu'un qui parvient à sortir du Labyrinthe peut bien réussir une chose pareille... puisque c'était son intention de les ramener tous à Athènes. Aglaïa... Avec elle, elles étaient sept ; merci de m'avoir fait trouver l'explication ! (Il se retourna vers Simnis :) Ça ne peut pas s'être passé autrement, qu'en penses-tu ? Mais où es-tu ?

Simnis s'était éloigné sans faire de bruit. Un terrible soupçon s'était éveillé en lui et le poussait à poursuivre son chemin. Il se rendit aux abords du palais royal et là, caché par un grand platane, attendit le lever du jour.

Quand il fit clair, il s'approcha d'une sentinelle et lui dit :

– J'ai une information importante à transmettre au roi.

– Qui es-tu ? demanda la sentinelle.

Simnis éluda la question.

– Le porteur d'un message urgent. Le roi te demandera des comptes si tu ne lui annonces pas ma présence.

Le garde ne savait que faire. Sans quitter Simnis des yeux, il fit signe à un autre garde de s'approcher.

– Je détiens une preuve, affirma Simnis.

L'une des sentinelles alla alors chercher le capitaine qui commença aussitôt à l'interroger.

– Mais, je te connais, dit-il, n'es-tu pas...

Simnis prononça lui-même son nom.

– Que viens-tu faire ici ?

– Je détiens une preuve, redit Simnis, la preuve d'une conspiration, d'une incroyable supercherie dont le roi est victime.

Le capitaine demanda à voir cette preuve, mais Simnis s'obstinait à vouloir la remettre au roi en personne.

Le capitaine l'avertit alors qu'il aurait à répondre de sa conduite si, à cause de son refus, il causait au roi un quelconque préjudice. Simnis lui assura que ce n'était pas à craindre, que le mal était déjà fait, mais que lui connaissait les coupables.

– Encore une question, ajouta le capitaine, déconcerté par l'assurance avec laquelle Simnis énonçait ses insinuations : D'où viens-tu ?

– Du Labyrinthe, répondit Simnis.

Alors le capitaine le fit entrer dans le palais.

Mais il fallut encore plusieurs heures avant que Simnis ne fût introduit auprès du roi. En effet Minos ne s'éveilla que vers midi du profond sommeil qui avait immédiatement suivi son évanouissement.

Minos se redressa et demanda à boire. Après cela, il renvoya les médecins et fit appeler le capitaine de sa garde, qui apparut aussitôt. A son grand étonnement, ce dernier ne trouva plus aucune trace de faiblesse sur le visage du roi.

– Qu'en est-il de Thésée ? demanda le roi parfaitement maître de lui.

– Le bateau des Athéniens est en mer depuis douze heures, annonça le capitaine.

– Ils étaient donc si pressés que ça ! (Minos ne laissa pas voir à quel point il était affecté par cette nouvelle.) Cela dit, ils avaient ma parole. Brusquement, il interpella le capitaine : Mais comment est-il sorti de là... tu peux me le dire ?

– Moi non, mais peut-être quelqu'un d'autre.

– Qui ça ?

– Simnis.

Le roi eut un geste de refus et de mécontentement.

– Cela fait déjà plusieurs heures qu'il attend dehors et qu'il demande à être reçu, insista le capitaine. Il prétend avoir trouvé une preuve.

– La preuve de quoi ?

– D'une conspiration.

– Contre moi ? interrogea le roi d'un ton méprisant.

– C'est ce qu'il affirme.

– Et d'où vient-il ?

– Du Labyrinthe.

– Et tu ne me le dis que maintenant ! s'écria Minos. Fais-le entrer.

Quand Simnis parut, Minos sentit tout de suite que cet homme représentait une menace pour lui.

– Tu y es allé ?

– Oui, j'y suis allé. (Simnis accentuait cha-

que mot.) Je voulais voir comment c'est là-bas, maintenant.
– Que cherchais-tu ? demanda le roi d'un ton plus acerbe.
– Je ne cherchais rien, mais j'ai trouvé quelque chose, annonça Simnis d'une voix étrangement calme.

Il s'approcha du roi et lui présenta sa main gauche au creux de laquelle il y avait le bout de fil tout emmêlé. Minos le prit, le démêla et l'examina avec inquiétude.
– Et tu dis que tu as trouvé ça là-bas ? Où exactement ?
– Pas loin de l'entrée. C'était attaché à un rocher. J'imagine que le reste du fil devait être assez long.
Il eut un sourire mauvais.
Minos se leva brusquement.
– Veux-tu dire par là que c'est grâce à ce fil que Thésée a retrouvé la sortie ?
– Ça en a tout l'air, répondit Simnis. En tout cas, celui qui l'a utilisé n'a pas pris le temps de le dénouer... il l'a arraché, tellement il était pressé d'arriver sur le bateau.
– Mais qui lui avait donné ce fil ?
– Un fil aussi fin n'a pas été filé par une simple Crétoise, fit remarquer sournoisement Simnis. Si je ne me trompe pas

complètement, c'est du fil provenant du palais royal.

Le visage du roi s'empourpra.

– Quelle impudence tu as de dire une chose pareille !

Simnis se redressa.

– Je suis habitué à ce que certains services me vaillent de tomber en disgrâce.

– Appelle Ariane ! ordonna Minos au capitaine.

Ce dernier était déjà en train de s'éloigner quand Simnis déclara :

– Je crains que cela ne soit impossible.

Le capitaine s'arrêta.

– Pourquoi cela ?

– Parce que ta voix ne porte pas assez loin, capitaine. J'ai appris quelque chose en me promenant sur le port.

– Qu'as-tu appris ? lui cria le roi, irrité par la désinvolture de Simnis.

Simnis parla alors ce vieil homme qui ne voulait pas démordre de ses comptes et qui avait fini par supposer d'une façon absurde que Aglaïa avait été rappelée à la vie par Thésée puisque, comme on le savait, Thésée voulait tous les ramener à Athènes.

– Et le vieux, dit Simnis pour conclure son récit, a effectivement compté juste. Ce sont bien sept jeunes filles qui sont montées sur le bateau... seulement, la septième n'était pas Aglaïa.

Le roi regarda Simnis fixement, des étincelles dans les yeux.

– Quel coup me réserves-tu encore ? dit-il d'une voix sifflante.

– Ce n'est pas moi qui ai eu l'idée du fil, répondit Simnis pour se défendre. Ça, il n'y a qu'une personne en Crète qui en était capable.

– Tu es un monstre, lui dit Minos. Je ne veux plus te voir !

Alors Simnis se retira en toute hâte, et son impertinence céda la place à une angoisse mortelle.

***

Icare, cette nuit-là, n'avait pas réussi à dormir. Au matin, quand il voulut quitter la maison, Dédale le retint.

– Il vaut mieux que tu restes près de moi. Qui sait ce qui va se passer dans les prochaines heures !

Ils étaient dans l'atelier quand Dédale vit arriver le roi, entouré comme d'habitude de sa garde. Et comme toujours, Minos entra seul.

Il avait l'air épuisé, mais il surprit Dédale en lui demandant d'une façon pressante :

– Tu as quelque chose à me présenter ?

– Oui, répondit Dédale auquel le ton de la question n'avait pas échappé. J'ai construit une serrure qu'on ne peut ouvrir qu'avec deux clés. La voici !

Il désigna d'un geste l'établi sur lequel se trouvait le prototype d'une grande serrure.

– Ce n'est pas à ça que je pense, répliqua le roi. Ce qui m'intéresse, c'est de savoir comment on fabrique un fil aussi fin que celui-là.

Tout en parlant, il ouvrit sa main droite et la mit sous les yeux de Dédale.

Dédale pâlit.

– Eh bien ? questionna Minos. Qu'as-tu à me dire ?

Dédale ne répondit pas.

Minos lui dit alors :

– Tu as toujours surpassé tout le monde... donc pourquoi pas aussi en traîtrise ? Toi seul pouvais permettre à Thésée de sortir du Labyrinthe. Pourquoi l'as-tu fait ? Et pourquoi n'as-tu pas disparu avec lui ?

Dédale était semblable à une pierre.

– Tu t'exerces à te taire, lui dit Minos. C'est donc que tu sais ce qui t'attend. Puis il laissa libre cours à son exaspération : Si tu n'étais pas venu ici, tout serait encore en ordre. Thésée lui-même n'y aurait rien changé, ni celle dont tu as fait une rénégate !

Minos s'approcha encore plus près de Dédale et lui demanda d'un ton menaçant :

– Il y a une chose que je veux que tu me dises : à quel moment lui as-tu remis la pelote ?

Dédale resta muet.

– Tu parleras, dit Minos à bout de souffle. Nous avons suffisamment d'instruments de torture. Et peut-être que tu vas encore en inventer un, spécialement pour toi. Tu parleras.

– Ce n'est pas lui qui a donné la pelote à Ariane, dit alors Icare au comble de l'angoisse.

Minos se retourna et regarda le garçon avec étonnement.

– Toi, je t'avais complètement oublié.

– C'est moi qui l'ai donnée.

Minos sourit méchamment.

– Regarde-moi ça, encore un conspirateur !

Il se tourna ensuite vers Dédale et les yeux pleins de haine.

– Voilà qui modifie mon projet, dit-il. Tu ne seras pas seul dans ta nouvelle demeure. Ton fils la partagera avec toi, la cage.

9. Les ailes

La cage : une cellule dont il était encore plus difficile de s'échapper que du Labyrinthe. La cage n'avait pas de murs, simplement des grilles. La porte était faite, elle aussi, de lourds barreaux ; on aurait dit qu'il n'y avait pas de porte, mais plutôt des centaines de fenêtres. Les oiseaux pouvaient entrer et sortir : des oiseaux pas trop grands, car pour des corbeaux, déjà, le passage était trop étroit.

Celui que le sort envoyait finir ses jours dans cet énorme cube ouvert au soleil, au vent et à la pluie, vivait à l'air libre sans être libre. Il voyait passer des bateaux, la cage se trouvant juste à l'endroit où la côte descend dans la mer en une pente abrupte ; et ce spectacle était un tourment pour le prisonnier, car plus jamais il ne monterait sur un navire ou dans une barque.

Dès son premier séjour en Crète, Dédale avait proposé au roi de construire cette prison à claire-voie ; il en avait lui-même dressé les plans. Dans la cage, on mettait ceux qui s'étaient rendus coupables du pire de tous les crimes : l'« offense au roi de Crète ». Il suffisait d'énoncer une opinion défavorable, de mettre imprudemment en doute l'origine divine du souverain pour être suspect et se retrouver derrière les barreaux de la cage, exposé à tout instant aux regards des gardiens.

A ceux qui étaient ainsi condamnés, on faisait mener la vie d'une bête. Le surveillant en chef leur attribuait des rôles, et à certaines heures du jour, chacun devait porter un masque qui lui donnait l'apparence de l'animal qu'il était censé être désormais, étant donné qu'il avait dû renoncer à sa dignité d'homme.

Personne ne supportait longtemps un tel châtiment, et la cage était souvent vide. Récemment, le roi avait même demandé à Dédale si elle n'était pas devenue superflue. Mais Dédale avait répondu : « Elle est vide parce qu'elle existe. »

Or maintenant, c'était Dédale et Icare qui s'y trouvaient. Le roi en personne leur avait donné leurs noms de cage :
– Ce traître voulait se hisser au niveau de l'aigle, pouvoir jeter sur moi un regard condescendant, et son fils participait à cette entreprise d'une plaisante témérité. Qu'on leur mette des masques d'aigle !

Trois heures par jour, ils durent porter des masques d'aigle. Ils étaient alors livrés aux regards des curieux ; beaucoup de gens venaient pour voir dans sa déchéance l'homme qui avait été le plus puissant après le roi. Nombreux étaient ceux qui faisaient clairement sentir qu'ils ne plaignaient pas le constructeur de la cage, et seule la vue d'Icare éveillait leur pitié.

Dédale ne faisait pas aux badauds l'honneur de les regarder. Même dans ces jours d'extrême humiliation, il ne perdait rien de sa fierté. Il n'avait pas fourni de réponse aux questions de Minos, et il n'échangea pas non plus le moindre mot avec les gardiens. Il ne parlait qu'avec Icare, comme si à ses yeux il n'existait personne d'autre. Il ne trouvait plus qu'un sens à sa vie : rendre courage à Icare, être là pour lui. Il ne proférait aucun reproche, aucune accusation. Avec le temps, il en vint même à parler de la cage comme de son nouvel atelier, de sa maison aux cent fenêtres ; cela provoquait l'hilarité moqueuse des surveillants et aussi du roi qui en avait été informé. Pourtant, Dédale commença effectivement à travailler dans la cage, tout comme s'il était dans l'atelier royal. La seule différence, c'est qu'à présent il dessinait ses plans, du doigt, sur le sol nu. Icare le regardait faire, ébahi. Son père lui expliquait tous les détails. Mais dès qu'un projet était suffisamment au point pour que Dédale en fût satisfait, il l'effaçait de la paume de la main sous l'œil soupçonneux des gardiens. Et aussitôt, il passait à une nouvelle « idée qui lui trottait dans la tête depuis déjà un bon moment », un dispositif permettant de soulever des charges encombrantes.

Icare ne s'était encore jamais senti aussi lié à son père qu'au cours de cette période de captivité. C'était son père qui maintenait le désespoir loin de lui. Pour la première fois, il avait le sentiment d'être protégé par sa présence. Dorénavant, il lui faisait confiance.

Il y avait même des moments où Icare caressait l'espoir que cet homme inflexible, qui avait réalisé tant de choses étonnantes, découvrirait aussi le moyen de les faire sortir de la cage.

Autrefois, Dédale avait rarement eu la patience de l'écouter. A présent, il demandait sans cesse à Icare de lui raconter quelque chose, et alors il était tout oreilles.

Un jour, Icare commença à parler de Kalos. Il n'avait plus jamais osé le faire depuis qu'il s'était rendu compte que le simple fait de prononcer ce nom suffisait à mettre son père de mauvaise humeur. Mais cette fois-là, son père l'écouta attentivement et quand Icare parla de cette nuit où Kalos avait dit qu'un jour l'homme aussi s'élèverait dans les airs, Dédale lui demanda avec une sorte d'avidité :

– Comment s'est-il exprimé pour dire cela ? Tu t'en souviens ?

– Jusqu'au moindre mot, répondit Icare. « Nous avons inventé la voile, a-t-il dit, pourquoi pas aussi des ailes pour nous élancer dans les airs ? » Il était convaincu que toi qui as construit un bateau dont les voiles s'accordent avec le vent comme des ailes d'oiseau, tu inventerais aussi des ailes pour détacher l'homme de la terre et le porter dans le ciel.

Icare remarqua un grand changement dans le visage de son père. Il avait souvent pu observer une transformation de ce genre quand une nouvelle idée s'emparait de Dédale ; mais cette fois, ce dernier semblait plus excité que jamais. Soudain, il se leva d'un bond et agita les bras comme s'il essayait de s'envoler. Tout en continuant ses mouvements, il n'arrêtait pas de répéter, tel un enfant perdu dans son jeu : « Aigle vole ! Aigle vole ! Aigle vole ! », et cela jusqu'à ce qu'il éclatât d'un rire insensé.

Icare observa son père avec effroi. Les gardiens, eux, s'étaient approchés de la grille, à la fois amusés et gênés par cette danse d'oiseau que Dédale était en train d'exécuter dans la cage.

– Qu'est-ce qui lui arrive ? demanda le surveillant en chef avant de dire : Oh ! dans le fond, ce n'est pas étonnant ! Il commence à divaguer. Pourquoi les choses devraient-elles se passer autrement pour lui que pour les précédents ? Ils ont tous fini par se prendre pour ce qu'on leur avait dit d'être.

Il contempla Dédale avec un malin plaisir et ajouta :

– Voilà qui va réjouir le roi.

Et il se mit en chemin vers le palais afin d'y relater l'incident.

Dédale s'assit alors près d'Icare et lui chuchota à l'oreille :
– Ne t'inquiète pas ! Tout se passe comme il faut. Aie confiance en moi ! Fais ce que je te dis... Nous volerons et Kalos sera content.

Le lendemain, Dédale dansa la danse de l'aigle en mettant son masque d'aigle. Parmi les spectateurs, il y avait aussi des espions envoyés par le roi ; ils confirmèrent les déclarations du surveillant en chef : Dédale était devenu fou ; sans doute que son emprisonnement dans la cage, plus humiliant pour lui que pour tout autre, avait fait s'envoler sa raison. Ils racontèrent aussi que, lorsque Dédale s'approchait de son fils en agitant les bras, celui-ci s'écartait et essayait de l'empêcher de répéter constamment : « Aigle vole ! Aigle vole ! »

Satisfait de ce compte rendu, Minos renvoya à son poste le surveillant en chef avec l'ordre de le tenir au courant.

Au bout de quelques jours, Dédale commença à lancer des nouveaux cris :
– Qu'il me pousse des ailes ! Qu'il me pousse des ailes !

« Il est de plus en plus dérangé ! se dit le surveillant en chef. Voilà maintenant qu'il veut avoir des ailes. » Et il alla dire au roi que Dédale réclamait des ailes.

– Pourquoi n'en aurait-il pas ! s'exclama Minos. Un aigle sans ailes n'est pas un aigle, il a raison.

Il ordonna de donner des plumes à Dédale et tout ce dont il avait besoin pour fabriquer des ailes. Minos ajouta, en se tordant de rire :

– Qu'on lui en donne assez pour lui et pour son fils, et quand leurs ailes auront poussé, j'irai regarder un peu ces deux oiseaux.

Des semaines s'écoulèrent avant que le surveillant en chef puisse annoncer au roi que le prisonnier ne réclamait plus d'ailes, que des ailes lui avaient poussé, à lui et à son garçon, des ailes qui allaient d'un bout à l'autre de la cage. D'après ce que disait le surveillant, le jeune homme était maintenant lui aussi pris de démence et agitait ses ailes tout comme son père. Mais il n'y avait que le vieux qui criait : « Veux voler ! Veux voler ! », toujours le même cri.

– Que crie-t-il ?

– « Veux voler ! » répéta le surveillant en chef.

Minos eut un rictus sournois.

– Mais ils n'ont qu'à essayer ! Laissons les oiseaux s'envoler !

– Voler ? demanda le surveillant en chef avec stupéfaction. Mais... ils ne sont tout de même pas des oiseaux, ils n'iront pas loin.
– Suffisamment loin, déclara le roi, les yeux étincelants. Quelle distance peut-il y avoir entre l'endroit où se trouve la cage et les écueils en-bas de la falaise ?

Ayant alors compris ce que le roi voulait dire, le surveillant murmura lui aussi :
– Suffisamment loin.
– Ce sera demain, dit le roi de Crète. Demain, nous les laisserons s'envoler. Tu peux dire aux aigles que demain leur vie dans la cage sera terminée.

⁂

Quand la mer se fut assombrie et que les étoiles apparurent dans le ciel, Dédale et Icare s'étendirent sur leur couche. Ils se parlèrent en chuchotant, comme ils le faisaient chaque soir avant de s'endormir.
– Ne vole pas trop haut, dit Dédale, le soleil t'ôterait les ailes des épaules. Mais ne descends pas non plus trop bas, là où la mer te guette. Fais ce que je fais, reste derrière moi, et tu n'as rien à craindre.

Icare savait par cœur ces recommandations qu'il avait déjà si souvent entendues.

Son père lui avait répété tellement de fois comment il devrait tenir ses ailes pendant le décollage, au cours du vol lui-même ou pour tourner, qu'il ne faisait jamais de fautes dans les rêves très fréquents où, après avoir dépassé le bord de la falaise, il se sentait glisser au-dessus de la mer, les ailes fixées aux épaules.

– Le vent ascendant nous détachera du rocher et nous portera en l'air... mais ne regarde pas en bas !

– Je penserai à Kalos.

– C'est ça, pense à lui ! Demain son rêve se réalisera.

« Nous reviendrons vers lui... avec des ailes ! » pensa Icare. Il en était si sûr qu'il ne jugea pas utile de le dire.

– Minos n'en croira pas ses yeux, chuchota Dédale. Il nous voit déjà en bas, étendus sur les écueils. Il va venir et le peuple va se rassembler pour le grand spectacle : la chute de Dédale. Mais c'est le roi qui va tomber, pas moi, ni toi. Il nous regardera nous éloigner, ahuri, jusqu'à ce que ses yeux soient vides. Pour le départ de Thésée et d'Ariane, il était déjà hébété jusqu'au désespoir. Seulement, nous serons encore plus rapides que Thésée, et nous n'irons vers le nord que jusqu'à ce que nous ayons échappé à tous les regards. Il ne nous verra plus lorsque nous virerons vers l'ouest.

Icare se redressa, effrayé.
– Pourquoi vers l'ouest ?
– Demain je t'expliquerai tout, quand personne ne pourra plus nous entendre.
– Tu ne veux pas aller à Athènes ?

Icare chercha du regard les barreaux pour s'y retenir ; le ciel était si sombre qu'on ne les voyait pas.
– Je ne m'y sentirais pas en sécurité, chuchota Dédale.
– Mais pourquoi ? gémit Icare. Ils reconnaîtront que tu n'as commis aucune faute. Tu as tiré Thésée du Labyrinthe, et il prendra ta défense.
– J'ai là-bas trop d'ennemis, répliqua Dédale. Tu ne connais pas les Athéniens. Plus quelqu'un leur rend service, et plus ils le persécutent. (Lui aussi s'était redressé.) Même Thésée, à la longue, devra se méfier d'eux, crois-moi ! Ils vont le fêter comme leur sauveur et le mettre sur le trône ; et ensuite, lui qui pour eux a fait plus que quiconque, ils le chasseront du trône et le banniront dès qu'ils seront lassés de sa personne. Ils sont ainsi, et c'est pour cela qu'il n'y a pas de place pour moi auprès

d'eux. Ni d'ailleurs pour toi. Nous formons une paire ; sans toi, je n'aurais pas supporté ces grilles ; sans toi, il nous faudrait périr ici. C'est toi qui m'as donné l'idée des ailes. Écoute, poursuivit Dédale en essayant de convaincre son fils, pour nous, n'importe quel endroit vaut mieux qu'Athènes. Beaucoup de portes me sont ouvertes. Beaucoup de rois m'ont fait parvenir des invitations. J'ai tout soupesé avec soin. Il y a déjà plusieurs années que le roi de Sicile, Kokalos, m'a fait savoir qu'il m'accueillerait comme l'un des siens. Et ce ne sont pas des formules creuses, je connais Kokalos.

Icare mit ses mains sur ses oreilles et laissa tomber sa tête sur ses genoux. Quand Dédale voulut le prendre par les épaules, il se dégagea.

Il resta longtemps assis dans cette position, effondré en lui-même, semblable à un blessé sur lequel la mort a déjà posé sa main. Son père n'osait plus lui adresser la parole. Mais il se rassura en songeant qu'il allait entraîner Icare dans son vol vers la liberté. Il faisait confiance au lendemain.

Lorsque Dédale fut endormi, Icare sentit s'éveiller en lui un sentiment qu'il ne connaissait pas encore, un mélange de révolte et d'affliction. Cela s'insinua peu à peu en lui, jusqu'à ce qu'il en fût entièrement submergé.

Et ensuite, la chose arriva comme d'elle-même : Icare se détacha de son père. Avec étonnement, il s'aperçut que cela lui devenait maintenant facile. Il n'avait pas besoin de bouger pour cela. Les sentinelles qui l'observaient ne remarquèrent aucun changement.

Un peu plus tard, étendu sur sa couche, les yeux fermés, il se dit : « Qu'il y aille, à l'ouest ! Et partout où il voudra ! Je ne veux plus rien faire de ce qu'il imaginera demain ou après-demain pour lui et pour moi. Il ne pourra pas m'obliger à le suivre. Son chemin n'est pas mon chemin. Je veux retourner à l'endroit d'où je suis venu. Revenir à Athènes ! Auprès d'Andros, d'Ariane, chez moi près de Kalos... » Et soudain, Icare se vit lui-même. C'était pour lui inconcevable, pourtant il se voyait monter l'escalier secret, arriver à la poterne taillée dans le mur de la citadelle, et Kalos lui ouvrait de l'intérieur :

– Tu vois, je t'ai attendu...

Quand Icare s'éveilla, tard dans la matinée, il se sentit de taille à faire le grand vol et libre comme jamais.

⁂

Vers midi, le roi apparut, flanqué de sa garde qu'il avait renforcée depuis la mort du Minotaure. Avec Minos arriva toute la cour. Beaucoup de gens du peuple aussi étaient venus. Dédale et Icare étaient déjà devant la cage, avec aux épaules des ailes immenses. Sur un signe du roi, les gardiens s'écartèrent d'eux.

– Eh bien, volez donc ! s'écria Minos. Je vous donne la liberté !

Dédale et Icare n'avaient pas mis leurs masques d'oiseau, ce que, dans l'excitation du moment, le roi ne remarqua même pas. Tout le monde ne regardait que les ailes, si bien attachées aux épaules et aux bras qu'elles semblaient en être des prolongements. Lorsque les deux hommes ailés coururent vers l'abîme qui s'ouvrait devant eux et sautèrent dans le vide, l'assistance retint son souffle. Le vent ascendant venant de la mer saisit la surface que lui offraient les ailes largement déployées. Dédale et Icare firent voile vers le large, toujours plus haut, jusqu'à disparaître aux yeux des spectateurs.

⁂

– Nous sommes libres ! cria Dédale. Nous leur avons échappé... tu m'entends ?

Icare ne répondit pas.

Dédale le chercha du regard et fut pris de peur. Icare n'était plus derrière lui. Il s'était écarté et ne cessait de monter.

– Icare ! cria Dédale avec angoisse. Tu voles trop haut !

Icare entendit ce cri, mais une autre voix, incroyablement proche, lui disait :

– Continue ! Ne te laisse pas détourner de ton chemin !

Talos !

– Andros t'attend, Ariane, Kalos, affirma la voix.

Elle venait d'en haut, et Icare continua donc de s'élever.

– Où es-tu, Talos ? murmura-t-il.

Et alors, il le vit. Comme le jour de son arrivée en Crète, lorsque, dans son rêve, il avait gravi la paroi du défilé et qu'à son réveil il s'était trouvé face à un visage d'une clarté aveuglante. C'est ainsi qu'il le vit pour la seconde fois : un visage de lumière et de feu.

– Talos !

– Continue ton vol !

Plus tard, Talos lui dit :

– Regarde vers la mer ! Tu vois, tu es aussi en bas !

Icare regarda. Mais ses yeux se ressentaient encore trop vivement de l'éclat du soleil et il ne vit tout d'abord qu'une énorme tache noire. Puis, peu à peu, surgit la mer, verte, scintillante.

Alors Icare s'aperçut que, en bas aussi, dans les eaux claires de la mer, il traçait sa route, tel un poisson pourvu d'ailes.

La sensation d'une liberté insoupçonnée le pénétra. Il ne se quitta plus des yeux. Et d'un seul coup il se sentit infiniment soulagé. Avec surprise, il remarqua que le poisson, en bas, abandonnait ses ailes dans son sillage et s'approchait de lui... à une vitesse inimaginable.

Table des matières

CASTOR PLUS

POURQUOI CASTOR PLUS ?

Parce que les auteurs ont leur mot à dire sur ce qu'ils écrivent.

Parce que nous, éditeurs de littérature jeunesse, sommes soucieux d'enrichir nos ouvrages.

Parce que vous, lecteurs, êtes en droit d'attendre de nos livres toujours plus d'informations.

Avec Castor Plus, nous ne prétendons pas être exhaustifs sur un sujet, ni sur un genre, mais nous avons l'ambition de vous faire partager notre passion de la littérature sous toutes ses formes.

C'est pourquoi, avec Castor Plus, nous avons choisi de donner la parole à des écrivains, des spécialistes, pour qu'ils commentent un genre qu'ils apprécient, dont ils connaissent les spécificités et les chefs-d'œuvre, ceux d'hier, et ceux d'aujourd'hui.

Le roman pour la jeunesse

« Toute lecture digne de ce nom se doit d'être absorbante et voluptueuse. Nous devons dévorer le livre que nous lisons, être captivés par lui, arrachés à nous-mêmes, emportés dans un tourbillon d'images animées, comme brassées dans un kaléidoscope. » Ainsi parle Robert Louis Stevenson, l'auteur de *L'Île au trésor*, du plaisir d'une lecture romanesque. Avec lui, laissons-nous entraîner dans les délicieux chemins de la fiction : pur plaisir d'être ici et ailleurs, dans les grands bois du Wisconsin, sur les routes américaines avec les enfants Tillerman, survolant la Norvège avec Nils Holgersson ou pénétrant tout simplement dans l'univers d'un enfant de notre âge et de notre pays, si proche et pourtant autre.

Si le romancier « promène un miroir sur une grande route » selon la formule de Stendhal, il nous renvoie aussi un miroir de nos propres sentiments parfois si confus, de nos émotions contenues, il sait nous éclairer sur nos craintes et nos doutes, donner forme à l'informe de la vie. Il nous parle, comme naguère le faisaient les contes de manière plus symbolique, des difficiles relations familiales, de l'amour, de l'amitié, de la mort aussi et le roman se fait alors roman d'initiation.

Mais il peut aussi nous faire rire, nous communiquer cet humour si indispensable pour appréhender plus sereinement le monde et nos propres difficultés.

Promenons-nous « dans les bois du roman », comme le proposait Umberto Eco. Le champ des productions romanesques est aujourd'hui immense. Il n'en a pas toujours été ainsi.

Le premier « roman » écrit pour un enfant – royal, certes ! – fut *Les Aventures de Télémaque* de Fénelon, roman didactique publié en 1699, inspiré des voyages d'Ulysse, destiné à enseigner morale et mythologie mais déjà roman d'aventure et d'initiation. Le XVIIIe siècle vit fleurir à côté de toute une littérature pédagogique et morale, l'adaptation de grands romans philosophiques destinés aux adultes : *Les Voyages de Gulliver*, de Jonathan Swift ou le *Robinson Crusoé* de Daniel Defoe (objet de multiples adaptations, au cours des siècles suivants).

Mais c'est le XIXe qui vit vraiment naître une littérature romanesque destinée à la jeunesse. Dès 1830 Charles Desnoyers invente dans *Les Mésaventures de Jean-Paul Choppart*, le premier garnement révolté et fugueur. À partir de 1850, dans la Bibliothèque rose, paraissent les romans de la Comtesse de Ségur, évocation d'un monde clos de l'enfance, cependant que se déploie en Angleterre la fantaisie de l'imaginaire avec *Alice au pays des merveilles* de Lewis Carroll, et l'éternel enfant de James Barrie qu'est *Peter Pan*. La fin du siècle voit le succès du roman de l'errance et de l'orphelin avec *Sans famille* d'Hector Malot ainsi que les grandes aventures utopiques de Jules Vernes.

Si le XIXe siècle peut être considéré comme l'âge d'or de la littérature enfantine, dont on publie régulièrement les classiques, certains ouvrages, certains auteurs jalonnent la création romanesque française du XXe siècle destinée aux enfants, et trouvent toujours leurs lecteurs. C'est bien sûr la fable morale du *Petit Prince* de Saint-Exupéry, publié à New York en 1943, l'humour et la satire des *Contes* de Marcel Aymé ou de Gripari, les gags irrésistibles, et le langage enfantin du *Petit Nicolas* de Sempé et Goscinny en 1960. C'est aussi le roman de la vie quotidienne qu'est *La Maison des petits bonheurs* de Colette Vivier (en 1939) ou encore les premières incursions dans un véritable roman policier (loin des séries stéréotypées) avec *Le Cheval sans tête* de Paul Berna (en 1955).

En 1970, la Bibliothèque internationale ouvre le champ des littératures étrangères, offrant ainsi aux lecteurs une initiation à la diversité des cultures et des imaginaires. Depuis sa création en 1980, Castor Poche-Flammarion a largement contribué à cette découverte d'auteurs et de cultures du monde entier en publiant, outre de grands succès de la littérature anglaise et américaine (le merveilleux *Jardin secret* de Frances Hodgson Burnett, *Jonathan Livingston le goéland* de Richard Bach, les romans de James Houston, Betsy Byars, Marilyn Sachs ou Cynthia Voigt), des auteurs allemands comme Hans Baumann, polonais comme Wanda Chotomska *(L'arbre à voile)* ou espagnols comme Carmen Martin Gaite *(Le petit chaperon rouge à Manhattan)*...

Les frontières se sont estompées entre littérature générale et littérature de jeunesse ; des auteurs reconnus s'inscrivent dans les deux registres : Michel Tournier, Daniel Pennac, J.M.G Le Clézio, pour n'en citer que quelques-uns. Seule la poétique diffère, écrit Pennac, la thématique peut être la même.

Depuis les années quatre-vingt, la création romanesque aborde en effet des genres et des thèmes jusqu'alors «réservés». Si l'humour et l'aventure sont toujours de mise, le roman historique évoque les conflits et les drames de notre temps ; romans policiers et romans noirs adoptent les recettes et les ressorts de la littérature adulte ; les intrigues des romans psychologiques s'inscrivent sur fond de secrets de famille et bousculent à l'occasion les tabous.

Sans doute le monde contemporain, ses angoisses et ses culpabilités se sont-ils introduits dans la fiction romanesque adressée à la jeunesse mais la qualité spécifique de ces textes réside toujours dans un certain mode d'écriture, une voix qui sait raconter, émouvoir sans troubler ni désespérer, et nous initier à la merveilleuse aventure de la lecture. Écoutons encore Stevenson : « Les mots, si le livre nous parle, doivent continuer à résonner à nos oreilles comme le tumulte des vagues sur le récif, et l'histoire repasser sous nos yeux en milliers d'images colorés. »

Flaubert (qui n'écrivait pas du tout pour les enfants) prêtait une couleur à chacun de ses romans. N'y aurait-il pas une couleur propre aux romans écrits pour la jeunesse ? À nous de la découvrir, de la savourer.

Claude Hubert-Ganiayre

Castor Poche

Des livres pour toutes les envies de lire,
envie de rire, de frissonner,
envie de partir loin
ou de se pelotonner dans un coin.

Des livres pour ceux qui dévorent.
Des livres pour ceux qui grignotent.
Des livres pour ceux qui croient ne pas aimer lire.
Des livres pour ouvrir l'appétit de lire et de grandir.

Castor Poche rassemble des textes du monde entier ; des récits qui parlent de vous mais aussi d'ailleurs, de pays lointains ou plus proches, de cultures différentes ; des romans, des récits, des témoignages, des documents écrits avec passion par des auteurs qui aiment la vie, qui défendent et respectent les différences. Des livres qui abordent les questions que vous vous posez.

Les auteurs, les illustrateurs, les traducteurs vous invitent à communiquer, à correspondre avec eux.

Castor Poche
Atelier du Père Castor
4, rue Casimir-Delavigne
75006 PARIS

Castor Poche, des livres pour toutes les envies de lire: pour ceux qui aiment les histoires d'hier et d'aujourd'hui, ici, mais aussi dans d'autres pays, voici une sélection de romans.

832 **Les insurgés de Sparte** **Senior**
par Christian de Montella
À Sparte, la loi impose de n'avoir que des enfants vigoureux. L'un des jumeaux de Parthénia est si frêle qu'elle le confie en secret à une esclave émancipée. Mais les deux frères vont se retrouver et s'affronter...

831 **Les disparus de Rocheblanche** **Junior**
par Florence Reynaud
Au IXème siècle, les habitants de l'Aquitaine vivent dans la terreur des vikings, qui saccagent les villages et enlèvent les enfants... Eglantine et son petit frère sont ainsi vendus comme esclaves.

830 **Chandra** **Senior**
par Mary Frances Hendry
À onze ans, Chandra est mariée, suivant la tradition indienne, à un jeune garçon qu'elle n'a jamais vu. Après leur rencontre, ce dernier meurt brutalement: Chandra est accusée de lui avoir porté malchance.

829 **Un chant sous la terre** **Junior**
par Florence Reynaud
Isabelle a douze ans et doit travailler à la mine pour aider sa famille. Mais elle a un don, sa voix fait frémir d'émotion quiconque l'entend chanter. Une terrible explosion bloque Isabelle dans la mine, son don pourra-t-il alors la sauver ?

828 **Léo Papillon** **@Senior**
par Lukas Hartmann
Léo, huit ans, souffre de sa maladresse. Il aimerait être léger et beau comme un papillon. Son rêve consiste alors à s'enfermer dans un cocon de fils multicolores, en attendant la métamorphose...

827 La chance de ma vie **Senior**

par Richard Jennings

Quand on a douze ans, recueillir un lapin blessé semble bien naturel, voir banal. Pourtant, Orwell est plus qu'un animal... c'est une chance !

825 Temmi au Royaume des Glaces **Junior**

par Stephen Elboz

Les soldats de la Reine du Froid ont enlevé Cush, un ourson volant qui vit dans la forêt près de chez Temmi. Temmi les suit au Château des Glaces, où toute chaleur est proscrite. Mais des insoumis organisent une rébellion.

824 Les maîtres du jeu **Senior**

par Roger Norman

Edward a douze ans. Il découvre chez son oncle un jeu de société qui renferme un mystérieux secret. Il se retrouve plongé dans un terrible engrenage, où le jeu et la réalité se rejoignent.

823 Akavak et deux récits esquimaux **Junior**

par James Houston

Akavak, Tikta'Liktak et Kungo l'archer blanc sont esquimaux. Dans l'univers rigoureux du grand Nord, ces héros doivent lutter pour survivre : découvrez leurs trois aventures au pays des icebergs...

821 Ali Baba, cheval détective **Junior**

par Gisela Kaütz

Pendant une représentation du cirque Tenner, quelqu'un a dépouillé les spectateurs de leurs portefeuilles. Sarah, la fille du directeur, découvre le butin caché dans le box de son cheval Ali Baba. L'enquête est ouverte...

Cet
ouvrage,
le cent cinquante
et unième
de la collection
CASTOR POCHE
a été achevé d'imprimer
sur les presses de l'imprimerie
Maury-Imprimeur
Malesherbes - France
en Février2008

Dépôt légal : octobre 1998.
N° d'édition : L01EJENFP4355C006
Imprimé en France.
ISBN : 978-2-0816-4355-8
ISSN : 0763-4544
Loi N° 49-956 du 16 juillet 1949
sur les publications destinées à la jeunesse